集英社オレンジ文庫

吸血鬼に猫パンチ！

赤川次郎

JN019617

イラスト／ひだかなみ

CONTENTS

MAIN CHARACTERS

神代エリカ
吸血鬼クロロックと日本人女性の間に生まれたハーフの吸血鬼。
父ほどではないが、吸血鬼としての特殊能力を受け継いでいる。
現役女子大生。

フォン・クロロック
エリカの父で、東欧・トランシルヴァニア出身の正統な吸血鬼。
…なのだが、今は『クロロック商会』の
雇われ社長をやっている。恐妻家。

涼子
エリカの母亡き後、クロロックの後妻となった。
エリカより一つ年下だが、一家の実権は彼女が
握っていると言っても過言ではない。

虎ノ介
通称・虎ちゃん。クロロックと後妻・涼子の間に生まれた、
エリカの異母弟にあたる。特殊能力の有無はまだ謎だが、
噛み癖がある。

橋口みどり
エリカ、千代子と同じ大学に通っている友人。
かなりの食いしんぼで、美味しいものがあれば文句がないタイプ。

大月千代子
エリカ、みどりの友人で、大学では名物三人組扱いされている(?)。
三人の中では、比較的冷静で大人っぽい。

KYUKETSUKI NI NEKOPANCHI!

吸血鬼に
猫パンチ!

JIRO ✠ AKAGAWA

赤川次郎

夕陽に立つ吸血鬼

✠ 終わりの日

「やれやれだわ……」

と、マスクをした白髪の女性が言った。

「こんな時間になって、やっとなんて……」

「そうですね」

隣に立っている女性も、マスクをしながら、

「なかなか引き受けてくれる所がなかったらしいですよ」

と言った。

「新しいビルを建てるのには熱心でも、取り壊しとなると……」

「あんまりお金にならないんでしょ、業者にとっては」

「でも……見ているのは辛《つら》いわ」

白髪の女性は陣内広代《じんないひろよ》。今、六十七才で、今まさに目の前で取り壊されようとしている〈M女子高等学校〉の、元校長である。

校庭の隅に並んで立っている二人の、もう一人はまだ若い河辺《かわべ》みずほ。今三十八才で、去年、M女子高が閉校になるまで、保健担当の教師として、保健室の主だった。

二人がマスクをしているのは、これから校舎が取り壊されるので、埃《ほこり》が飛んで来ると予想されるからだった。

「――でも、惜しいわね」

と、元校長の陣内広代が首を振って、

「今どき、こんな木造校舎は、どこを捜したって見付からないわよ」

「同感です」

と、河辺みずほも肯《うなず》いて、

「でも、重要文化財ってわけにもいかないし……」

木造二階建の校舎に、ホースで水がかけられていた。待機しているパワーショベルがアームを伸ばして、校舎をアッという間に、がれきの山にしてしまおうとしている。

そのときの埃を少しでも飛び散らないように、水を予《あらかじ》めかけておくのだ。

「始まりますね」

と、河辺みずほが言った。

パワーショベルのキャタピラの金属音がして、校舎に近付いて行くと、停まって、今度は長い鋼鉄のアームがゆっくりと伸びて行く。

「ああ……」

と、つい陣内広代が声を出した。

校舎の屋根に、ごっそりと穴が空《あ》いた。

それが初めで、見る見る内に、校舎の南半分はバラバラにされてしまった。

パワーショベルが動いて、北半分の方へ来ると、アームが伸びた。

「――保健室だわ」

と、河辺みずほがつい口に出した。

マスク越しの声は、余計にかすれて聞こえた。

無情な鉄の爪は、そこが何の部屋だったのか、そこでどんな子たちが生きていたかなど全《まっ》く気にもとめずに、外壁をバリバリと引き裂いて行く。

そんな気持ちになるとは思ってもいなかったのに、河辺みずほは溢《あふ》れて来る涙を止められなかった。

あの保健室で過ごした十数年の日々が、一気によみがえって来て、胸が苦しいほど痛んだ……。

壊される校舎の「痛み」が伝わってくるようだった。

「お願い。──やめて。やめて！」

と、思わず叫んでいた。

もちろん、そんな叫び声など、パワーショベルを扱っている人には何の関心もないはずだ。

しかし──。

「おい待て！」

と、誰かが叫ぶのが耳に入った。

「止めろ！　止めるんだ！」

という声。

「どうしたのかしら？」

と、陣内広代が言った。

「何かあったみたい」

二人は、半ば壊された校舎へと急いだ。

「──おい、どうなってんだ！」

と文句を言っているのはパワーショベルを運転している男。

「──何かあったんですか？」

と、広代が訊く。

「あんたたちは？」

「この校舎で働いていた者です」

「先生か。今、ここを壊してたら、とんでもないもんが出て来たんだ」

「とんでもないもの？」

「ああ。——見てくれ」

破片をさけて、覗《のぞ》き込むと——。

半ば壊れた壁の中から、人の手が突き出ていたのだ。

二人は唖然《あぜん》として、

「あれって……本当の人の手？」

と、広代が言っていた。

「保健室ですよ、ここ。どうして人の手が……」

みずほは、まだ壊されていない床に上がると、その手の方へと近付いた。

「みずほさん、気を付けて！」

と、広代が呼びかけた。

みずほは、深く呼吸すると、歩を進めた。

「ここは……保健室の資料置場ですよ」

と、みずほは言った。

「引き払うときに、空《から》にしたはずですけど……」

そのとき、半ば壊されていた仕切りの壁がザーッと音を立てて崩れた。そして――手だけでなく、女性の体が床に倒れた。

「何てこと……」

広代がそばへ来て、

「どうしてここに死体が?」

「分かりません。誰なのかも……」

死体の顔は黒ずんで、誰とも分からなかったが、しかし――。

「うちの生徒だわ」

と、広代が言った。

「どうなってるんです?」

と、現場監督らしい男性がイライラして、

「今日中に取り壊さないと困るんだ。明日は他の仕事が入ってるんでね」

「それはだめです」

と、みずほが言った。

青ざめてはいたが、一応保健の教師だ。

「だめって……」

「見て下さい」

と、みずほは死体を指さして、

「首に巻きついてるのは紐《ひも》です。これは絞殺《こうさつ》事件ですよ」

「何だと？」

男は覗き込んだが、

「ウッ！」

と、声を上げて、あわてて駆けて行ってしまった。

「おい、どうするんだ？」

と、パワーショベルのオペレーターが文句を言った。

「今日の日当をもらわねえと。途中でやめたら、払っちゃくれないだろ」

「仕方ありませんよ。これは殺人事件です。警察に連絡しなくては」

少し落ちつきを取り戻した広代が、そう言って、ケータイを取り出した。

「おい、待てよ！　もう夕方だぜ。今日中に終わらなくなっちまう」

「それどころじゃないんですよ」

と、広代が一一〇番通報しようとすると、突然、パワーショベルのアームが、二人の立っている床へと突き立って、バリバリとはがし始めた。

「キャッ！」

と、みずほが声を上げて、

「何するの！　やめて！」

「どかねえと、けがしても知らねえぞ！」

と、耳も貸さずに校舎を壊し続ける。

「校長先生！　危ない！」

みずほは、広代を抱えるようにして逃げた。

「こんな乱暴な──」

しかし、鉄の爪が奥の壁まで突き破るのを止めることはできなかった。

「どけどけ！　がれきと一緒にバラバラにしてやるぞ！」

と、オペレーターは勢いに乗っていた。

だがそのとき――。突然アームが力を失ってダラリと下がってしまい、パワーショベル自体も、動かなくなってしまった。

「畜生《ちくしょう》！　どうしたってんだ！」

そこへ――。

「乱暴はいかんな」

と、穏やかな声がした。

広代は大きく目を見開いた。

「まあ！　吸血鬼さんだわ」

「校長先生――」

「だって、あのスタイルはどう見ても……」

黒マントを風になびかせた姿は、確かにスクリーンでおなじみの「吸血鬼」だったが――。

「フォン・クロロックと申します」

と、広代たちの方へ会釈《えしゃく》して、

「危ない目にあわれておられる様子だったので、ちょっとお力になれればと思いまして
な」

「ありがとうございます！」

と、広代は礼を言って、

「校舎を取り壊していましたら、とんでもないことに……」

「おい！　どうなってんだ！」

と、オペレーターが怒鳴る。

「やかましいぞ」

と、クロロックは振り向いて、

「少しあっちへ行っておれ」

するとパワーショベルが、後ろ向きに動き出したのだ。

「おい！　止めてくれ！」

と、あわてた声が、校庭の端まで行ってしまった。

「――死体が？」

クロロックはがれきの中を進んで行って、死体を抱えて戻って来た。

「このブレザーは、この学校の？」

「はい、制服でした」

と、広代は肯《うなず》いて、

「でも、一体誰なのかしら」

「後は警察の仕事でしょうな」

と、クロロックは死体を下ろして、

「行方《ゆくえ》不明の生徒がいたのかしら」

と、みずほが言った。

「私は仕事がありましてな」

と、クロロックは言って、

「では失礼する」

「ありがとうございました！」

と、広代とみずほは深々と頭を下げた。

✠ 消えた高校生

最終日だった。

朝、六時ごろに目が覚めると、谷崎《たにざき》ゆかりは、早々に顔を洗って、仕度《したく》をした。

「——早いものだわ」

と、鏡の中を覗《のぞ》き込んで呟《つぶや》く。

〈M女子高校〉の最後の修学旅行である。

この学年で、〈M女子高〉は閉校となる。

「やっぱり寂しいわね」

谷崎ゆかりは二十九才。〈M女子高〉の教師になって、まだやっと五年でしかない。

それが、突然の「学校が失くなる」！

色々事情はあったようだが、ゆかりのような若い教師には何の説明もなかった。

——旅館の廊下《ろうか》へ出ると、もう仲居さんたちは忙《せわ》しく動き回っている。

「最後まで、しっかりやらなきゃ」

と、自分へ言い聞かせた。

そこへ、

「先生、おはよう！」

と、元気な声が飛んで来た。

「ああ、香山《かやま》さん」

ゆかりが担任になっているクラスの子だった。——香山靖子《やすこ》。明るく、活発な人気者である。

「ずいぶん早起きね」

と、ゆかりは言った。

「ゆうべ、遅くまでしゃべってたから、寝坊するかと思ったけど、やっぱり最後の日だと思うと、目が覚めちゃって」

「そうね。今日はもう東京に戻るんですものね」

二人は、旅館の玄関に面した休憩所のソファに腰をおろした。

「でも、先生……」

と、香山靖子が言った。

「なあに?」

「どうして学校、失くなっちゃうんですか? 私は卒業していくからいいけど。一年生、二年生は可哀《かわい》そう」

「そうねえ」

もっと前から決まっていたのなら、一、二年生は入学させなければ良かったのだ。それが、入学したのに、途中で学校が消えてしまうのでは……。

来年、二年生、三年生になる子たちは、他の高校に受け入れてもらうことになっていた。

「みんな同じ高校へ行くわけじゃないでしょ? 友達なのにバラバラなんて……。クラブとか、一緒にやってた子たちもいるのに」

「香山さんの気持ちはよく分かるわ」

と、ゆかりは言って、首を振ると、

「でも、私もどんな事情だったのか、何も聞いてないのよ」

「そうなんですね。でもそれって、おかしいですよ。先生も知らないなんて……」

「同感だわ」

と、ゆかりは肯《うなず》いた。

香山靖子は頭のいい、しっかりした生徒で、ゆかりなど、同年代の相手と話しているような気さえしてしまう。

「でも、もう決まってしまったことですものね。今から変えられるわけじゃないし……」

「でも、絶対におかしい！」

と、靖子は言った。

「先生、うちのお母さん、学校の理事長と親しいんです。私、あそこの子とはクラブが一緒だったし。どんな事情だったのか、調べてみます」

「香山さん……」

「偉い人ににらまれて退学になってもいい。どうせもう三年生ですもの。諦めないでぶつかってやる」

靖子の力のこもった言葉は、谷崎ゆかりの心を揺さぶった。――生徒が、こんなに固く決心しているのに、教師の私が何もしないなんて……。

「分かったわ。香山さん。私も力になる。二人で調査しましょう」

「ええ！」

靖子は力強く肯いて、二人は固く握手した。

「――さ、ともかく帰る仕度《したく》しなくちゃ」

と、靖子が立ち上がる。

「そうね。東京に戻ったら連絡するわ」

「はい。待ってます」

靖子の爽《さわ》やかな笑顔を見ると、ゆかりはまるで何年も若返ったような気がした。

靖子が二階へと階段を上って行き、ゆかりは部屋へ戻ろうとして――。

「おっと」

廊下《ろうか》へ出た所で、危うく誰かとぶつかりそうになった。

「あ、小島《こじま》先生」

と、ゆかりは言った。

「やあ、おはよう」

小島吾郎《ごろう》は〈M女子高〉の教頭である。

「谷崎先生は何をしてたんですか？」

「早く目が覚めたものですから、休んでたんです。修学旅行もこれが最後ですし」

「確かにね」

と、小島は肯いて、

「谷崎先生は、次の職場が決まっていないと聞きましたが」

「ええ。――ともかく今の生徒たちを教えることに集中しようと思いまして」

「それは結構ですが、閉校になってから勤め先を捜しても、すぐには見付かりませんよ。他の先生方は、方々に声をかけて、面接に行ったりしてます」

それは、ゆかりも知らないではなかった。しかし、授業を休んでまで、職探しをすることには抵抗がある。

「何とかなると思います」

と、ゆかりは言った。

「私、楽天家なんですの」

「それは羨《うらや》ましい。まあ、幸運を祈ってますよ」

ちょっと皮肉めいた口調で言って、小島は行ってしまった。

「――ご自分は心配ないんでしょうからね」

と、ゆかりは呟いた。

小島は、今の理事長と親しく、今回の閉校の決定に当たっても、学校の代表として参加していたと聞いた。

妙な話だ。校長の陣内広代《じんないひろよ》は、その会合に呼ばれていなかったのである。

ともかく部屋へ戻ろうとして、ゆかりはふと思った。

小島は、今のゆかりと香山靖子の話を聞いていたのだろうか？

単なる印象だが、小島はずっと話を立ち聞きしていたかのようだ。

「構やしないわ」

別に、悪いことをしようと思っているわけではない。

それに、ゆかりは小島が好きでなかった。教育者としての情熱が少しも感じられず、「学校も商売だ」が口ぐせだった。

少なくとも、〈M女子高〉が失くなって、いいことの数少ない一つは、小島と働かなくてすむことだった……。

ゆかりは急いで部屋へ戻って行った。しかし……。

「どうなってるの？」

と、校長の陣内広代が苛々《いらいら》と言った。

若い教師が、旅館の中から息を切らして駆け出して来た。

「どこにも見当たりません」

「そんな馬鹿な！」

陣内広代は、谷崎ゆかりが誠実で、有能な先生だったことをよく知っている。

修学旅行の最中に姿を消すような人ではない！

「それと、校長先生」

と、生徒の一人がバスから降りて来て言った。

「どうしたの?」

「クラスの香山靖子さんがいません」

「いない?」

「バスに乗ろうとして、『ちょっと忘れ物』と言って、戻って行ったんですけど、それきり……」

「どうなってるの!」

もうバスの出発は三十分も遅れている。

そのとき、広代のケータイにメールが着信した。——誰だろう?

谷崎ゆかりからだ! しかし——その内容は広代を気絶させそうなものだった。

〈校長先生。ご迷惑をかけてすみません。

私は香山靖子さんと愛し合っています。二人で話して、二人きりで別の人生を始める決心をしました。

これからは私たち二人となって、どこか遠くで暮らします。
お許し下さい。　谷崎ゆかり〉
――広代は失神しそうになった。

「それはまた……」

と、話を聞いたクロロックは目を見開いて、

「駆け落ちにしても珍しい。若い女性教師と女子高校生とは」

「そんなこと、あり得ないと……」

広代はため息をついて、

「谷崎先生は、ロビーで香山靖子さんと話したことを、出発前に話してくれたんです。――そんな、生徒と二人で逃げ出すなんて……」

陣内広代は、河辺《かわべ》みずほと二人、〈クロロック商会〉へやって来ていた。

「――では、あの白骨死体は、そのときの女生徒だったとお考えですな？」

「どうしてああなったかは分かりませんが、おそらく……」

「警察の方は何と？」

「一向に相手にしてくれません。先生と生徒の駆け落ち騒ぎで……」

「当時は週刊誌やＴＶで盛んに取り上げられましたが――」

と、みずほは言った。

「興味本位の記事ばかりでしたね」

と、エリカが言った。

「しかし、もしあの死体が香山靖子という子なら、谷崎先生の方も……」

と、クロロックは言った。

「お願いです。クロロックさんのお力を貸していただけないでしょうか」

と、広代は身を乗り出して、

「校長なのに、生徒も先生も守ってやれなかった。その辛《つら》さは……」

「分かります」

と、クロロックは肯《うなず》いた。

「まあ、やれるだけのことはやってみましょう。それに、ここにいる娘のエリカは、大学生で暇ですからな」

エリカがジロッと父をにらんだ。

人を勝手にヒマ人扱いするな！

「二人がいなくなったとき、捜索願は出されたのかな？」

と、クロロックが訊いた。

「それが……」

と、広代は目を伏せて、

「閉校へ向けて、やらなければならないことが山ほどあり……。いえ、もちろん捜索願を出すべきだと思いました。ところが……」

「学校の名に傷がつく？　——違っておるかな？」

「その通りです」

と、広代はため息をついて、

「責任は大人の谷崎ゆかりの方にある、と言われて。教師による生徒の誘拐《ゆうかい》だという話になっていったのです」

「その意見はどこから？」

「理事会サイドからです。〈M女子高〉の有終の美に泥をぬったと言われ……」

「しかし、警察の方は黙っていなかったでしょう？」

と、エリカが言った。

「それが――理事の中に、警察庁の幹部と親しい人が何人かいて、『これは〈M女子高〉の内部の問題だ』という話になってしまったんです」

「しかし、今回の死体発見で――」

「あれが誰の白骨か、ＤＮＡ鑑定をしています」

「生徒は香山靖子といったかな？　家族はどう言っておるのだ？」

「あの子の父親は外交官で、ほとんど日本にいません。母親は、いつも夫の顔色をうかがって、オドオドした様子です。娘の身の心配より、〈M女子高〉に迷惑をかけて申し訳ないとばかり……」

と、河辺みずほが言った。

「教師の方は？　谷崎ゆかりにも家族があるだろう」

「私も会いに行きました」

と、広代が言った。

「ところが……」

「どうした？」

「住所を尋ね当てると、家はありませんでした。何もない更地《さらち》になっていて、近所の人に訊くと、お宅は火事で全焼してしまったそうなのです」

「すると――」

「谷崎先生はひとり暮らしでしたが、そのご実家にはご両親がおられたはずでした。でも、二人とも火事で亡くなってしまったそうで」

クロロックは難しい表情になって、

「どうも、これは少々厄介《やっかい》なことになっておるのかもしれんな」

と言った。

そこへ、クロロックの秘書が、

「社長、会議の時間です」

と、声をかけて来て、クロロックは、

「エリカ、後は頼む。よくお話を伺《うかが》っといてくれ」

と、席を立って行ってしまった。

人任せにして、もう！　――エリカは不満だったが、仕方がない。

「あの――父ほどでなくても、私も少しはお役に立てるかも……」

と、控えめに言ったのだった……。

＊消失点

「で、どうして私たちまで駆り出されるわけ？」

と、橋口《はしぐち》みどりがふくれっつらで言った。

「いいじゃないの、アルバイトだと思えば」

と、なだめるように言ったのは、大月千代子《おおつきちよこ》。

エリカとは高校大学と一緒の親友同士。

「まあ、文句言わないで」

と、エリカはバスの窓から外を眺めながら、

「一応温泉のあるモダンな旅館なのよ。お父さんが、この旅行の経費は会社で出してくれるって」

「じゃ、いくら食べても？」

と、みどりが訊く。

「もちろん」

そんなにおいしければね、とエリカは心の中で付け加えた……。

——やがてバスが小さな温泉町に入る。

「降りよう」

と、エリカは言った。

バスを降りると、町の地図が大きなパネルになって立っていた。

「旅館は……これ。〈白龍荘《はくりゆうそう》〉？」

「〈ホワイトドラゴンホテル〉だよ」

と、千代子が言って、

「あ、英語で〈ホワイトドラゴン〉か」

「ここに泊まったのよね、〈M女子高〉最後の修学旅行はね」

と、エリカはバッグを肩にかけ直して、

「ともかく行ってみよう」

――確かに、見かけはちょっと洒落《しやれ》たホテル風だが、玄関を入ると、よくある温泉旅館で、浴衣《ゆかた》姿の男女がにぎやかに行き交っている。

「〈クロロック商会〉様でいらっしゃいますね」

と、〈フロント〉（という札は出ているが、どう見ても昔ながらの帳場《ちようば》）の男性が言った。

「〈スーペリアツインルーム〉をご用意しております！　おい、君」

通りがかった女の子は、その手の喫茶《きつさ》にいそうな、小間使《こまづか》い風の衣裳《いしよう》。

「大丈夫。荷物は自分たちで運ぶわよ」

その子がバッグを持とうとしたので、エリカはそう言った。

「すみません。私、あんまり力ないんで」

と、女の子はホッとした様子で、

「お部屋へご案内します」

細い廊下《ろうか》を辿《たど》っていって、

「――こちらです」

と、ドアを開ける。

「鍵《かぎ》、かからないの？」

「今、少しずつ付けてるんですけど。まだ半分も付いてなくて」

「へえ……」

部屋へ入ると、みどりが目をパチクリさせて、

「これが〈スーペリアツイン〉？」

ただの八畳《じょう》ほどの和室である。

「こちらが三名様用なんです」

と、女の子は気の毒そうに言った。

「いいわよ。あなたが〈スーペリアツイン〉って付けたわけじゃないものね」

と、エリカが言った。

「そうなんです。急にホテル風にしようって支配人が言い出して。私たちの方が恥ずかしいです」

「あなた、お名前は？」

「私ですか。坂井志穂《さかいしほ》と申します。何かご不満などございましたら――」

「いえ、別にそういうわけじゃないの」

と、エリカはバッグを置いて、

「ちょっとあなたに訊きたいことがあって。――何時までのお仕事なの？」

「夕食までです。大体九時ごろでしょうか」

「じゃ、仕事すんだら、ここへ来てくれる？」

「はあ……。何かご不満がありましたら――」

「そうじゃないわよ。上の人がうるさいの？」

「ええ。――名指しでお客様の苦情が来ると、一日のお給料を半額にされます」

「まあ、ひどいわね」

と、千代子が眉《まゆ》をひそめて、

「労働者の権利をもっと主張しないと」

「はあ……」

「じゃ、後でね。夕食は何時？」

「ダイニングルームでお召し上がりいただきます。六時からです」

と、坂井志穂は言った。

志穂が行ってしまうと、千代子が、

「どうしてあの子と話そうって思ったの？」

と訊いた。

「ああいう立場の人が一番色んな人の話や噂《うわさ》を知ってるのよ」

と、エリカが答えて、

「でも、この分だと、みどりが満足するほど食事が出ないかもね」

「え？　本当？」

みどりにとって、食事の量は最大の問題だった……。


「ああ、〈M女子高〉の事件ですね！」

坂井志穂は、即座に肯《うなず》いて、

「よく憶えてます。だって、修学旅行の途中で、先生と生徒が駆け落ちするなんて！　しかも女同士でしょ。もう、旅館の裏じゃ大騒ぎでしたよ」

「あなたはその日、出てたの?」

と、エリカが訊いた。

夜、九時二十分ごろ部屋にやって来た坂井志穂は、エリカがお土産品《みやげひん》売場で買って来たおまんじゅうをパクつきながら、エリカの問いに答えていた。

夕食の味はともかく、量は何とかみどりのお腹を満たす、ぎりぎりのレベルで、今みどりは、おまんじゅうを丸ごと一箱、手元に置いて食べていた。

「ええ。前の晩から次の朝まで、出ていました」

と、志穂は言った。

「でも、ほとんどの人はそうなんです。お昼から午後の三時ごろまで、交替で眠ったりするんですけど、みんな寝不足で」

「ひどいわね」

と、千代子が怒っている。

「でも、こんな田舎町《いなかまち》じゃ、他に仕事なんかないですし。町を出るか、出られない人は、言いなりの条件で働くしかないんです」

と、志穂は首を振った。

「大変ね。――ところで、その〈M女子高〉の駆け落ち事件だけど、誰か二人が旅館を出て行くところを見た人はいなかった?」

と、エリカは訊いた。

「さあ……。ただ、夜中に、先生の方はお見かけしました」

「谷崎《たにざき》ゆかりさんね。どこで見たの?」

「大浴場です」

「地階の?」

「ええ。あ、ここの大浴場、〈天然温泉〉ってうたってますけど、本当はほとんど普通の水なんです。それを沸かしてるだけ」

「へえ……」

「で、私たち従業員は、夜中十二時過ぎに入るんです。お客さんたちはほとんど寝てますからね。でも、あのときは、私、少し遅くなって、午前一時ごろ入りに行ったんです。そしたら、誰かが入っていて……」

「お客様ですか。失礼します」

白い湯気の中、お湯に浸っている女性が見えた。

「どうぞ」

と、その女性は快《こころよ》く言ってくれて、

「ああ、お布団を敷きに来てくれた方ね？　ご苦労さま。こんな時間に入浴？」

「はい。お客様とはなるべくご一緒しないようにと……」

「ちっとも構わないのに。裸になれば、誰でも同じよね」

と言うと、その女性は明るく笑って、志穂はホッとした。

「高校の先生でいらっしゃるんですか？」

ザッとお湯をかぶってから、志穂はお湯に滑り込んだ。

「ええ。谷崎ゆかり。女子校の教師は大変なのよ」

「そうでしょうね」

「生理になる子もいるし、食べる物によってはアレルギーだったり……」

と言って、ゆかりはちょっと笑って、

「太るのがいやだから、脂《あぶら》っこいものは食べない、なんて子もいてね。スタイルなんか気にするのは、大人になってからでいい。まだあなたたちは成長の途中なんだから、しっかり栄養をとらなきゃだめ、って言ってあげるんだけど……」

「あなたみたいな先生の言うことなら聞きますよ」

と、志穂はつい言ってしまって、

「失礼しました！『あなた』なんて言って」

「いいのよ。あなた何ていう名前？」

「私ですか。坂井志穂っていいます。まだ新米で」

「でも、気持ちのいい人だわ。お客は、そういうことを一番気にするのよ」

「でも、先生方みたいな立派な人間じゃないですし」

「ちっとも」

と、ゆかりは言った。

「教師だって、人間。ごく普通のね。――そう、教師だって、普通の男と普通の女……」

ひとり言のように言ってから、

「あ、もう眠らなきゃ。朝は早いものね」

と、ゆかりは、志穂に、

「お先に」

と、声をかけて湯から上がった。

「お湯から上がった先生の裸の後ろ姿を見て、私、なんてきれいな人だろう、って思いました」

と、志穂は思い出しながら、

「女の私でも惚《ほ》れちゃいそうな……。ですから、あの先生が、女生徒と愛し合って駆け落ちしたって聞いたとき、私、ああ、そんなこともあるかもしれないって……」

そして、志穂は照れたように、

「すみません、妙なこと言って」

「いいえ」

と、エリカは首を振って、

「気になったのは谷崎先生の言葉ね」

「どの言葉？」

「教師だって、普通の男と普通の女、ってこと。意味ありげじゃない？」

「でも、駆け落ちしたのは、女生徒とでしょ？」

エリカはそれには何も言わず、

「ありがとう」

と、志穂に言った。

「いいえ。お役に立てなくて……」

志穂は立ち上がって、部屋を出ようとしたが、

「――あ、そういえば」

と振り返って、

「関係ないかもしれませんけど、ちょっと妙なことがあったんです、あの朝」

「二人がいなくなった朝？　何があったの？」

「それが——車が盗まれたんです」

「車？」

「この旅館の車です。そのときはまだ〈白龍荘〉でしたから、車体に大きく名前が入っていて」

「その車が盗まれたのね？　でも、目立ちそうね、そんな車が走ってたら」

「見付かったんです。その日の夕方に。でも、崖《がけ》から落ちて、下の流れの岩にぶつかって、めちゃくちゃに……」

「中に誰か乗ってたの？」

「いいえ。空《から》だったそうです。警察の人が下りて行って調べたんですけど」

「じゃ、車だけが落ちた？　——どの辺りで見付かったの？」

「ここから車だと十五分くらいですね。今でも車、そのままになってると思いますよ。引き上げるのは大変だし、お金がかかるっていうんで。ここのお巡りさんがそう言ってたのを憶えてます」

エリカは肯《うなず》いて、

「面白いわね。――明日、見に行ってみよう」

と言った。

そしてその後、三人の話は、夕食に関する感想――量はともかく、味は今一つ、といった点へと移って行ったのである……。

✤痕跡

「あれか……」

　と、エリカは崖から下を覗《のぞ》き込んで、

「これじゃ、引き上げるのは容易じゃないわね」

「いやだ、怖いわ」

　と、みどりは崖っぷちへ近付こうともしない。

「三十メートル？　もっとかな」

　と、千代子《ちよこ》は目測して、

「五十メートルまではいかないと思うけど」

　――エリカたちの泊まっている温泉町は、もともと小高い土地にあり、そこから上り坂を上って来たので、下の岩だらけの渓流《けいりゅう》までかなりの高さになってもふしぎではない。

車は流れに落ちず、岩の間にぺしゃんこに潰れて見えていた。

「誰か乗ってたのかしら?」

と、千代子が言った。

「乗ってれば、まず助からないわね」

と、エリカは言った。

「でも中で死んだとすれば、血痕ぐらいはありそうね」

ここは一つ、下りてみるしかない。

エリカが崖のふちへと近付くと、

「まあ待て」

と、声がした。

「ここは私の出番だろう」

「お父さん!」

エリカはびっくりして、

「いつ来たの？」

「ゆうべ遅くだ。今朝早くと言った方が正しいかな。あの車がどうしたのだ？」

と、クロロックは訊いた。

エリカが、あのホテルの坂井志穂《さかいしほ》から聞いた話を伝えると、クロロックは肯いて、

「それは確かに怪しいな。二人が姿を消したことと、あの車とは間違いなく係わりがあるだろう」

「一応警察の人が下りて行って、中を見たそうだけど」

「誰も乗っていないことを確かめただけだろう。詳しく中を調べるだけの余裕があったとは思えん」

クロロックは崖から下を覗き込んで、

「マントが枝にでも引っかかって破けないといいのだがな」

「替えのマントぐらい持ってるでしょ」

「しかし、あんまり買い替えると、うちの奥さんが怖いのでな」

クロロックは若い妻涼子《りょうこ》に完全に尻に敷かれている。まあ「惚《ほ》れた弱味」というものか。

クロロックが、崖を軽々と下りて行く。

岩や木の根などを巧みに踏みながら、アッという間に、潰れた車の所まで下りて行った。

クロロックのこともよく分かっている千代子とみどりも、さすがに感心して、

「やっぱり凄《すご》いね、エリカのパパ」

と、みどりが言った。

「私だったら、すき焼き十人前食べさせてやるって言われてもいやだ」

「誰もみどりに頼まないよ」

と、千代子が言った。

クロロックは、しばらく車の中を覗いたりして調べていたが、やがて気がすんだのか、
今度は崖を上って来た。

下りよりは少し時間がかかったが、そこは本家吸血鬼。楽々と上り着いて、息も乱さない。すると、

「――凄い！」

と、声がして、エリカが振り向くと、坂井志穂が立っている。

「あら、あなたも来たの」

「ええ、車がどうなってるのかな、と思って。でも……」

と、志穂は目を丸くして、クロロックを眺め、

「凄いですね！　オリンピックにでも出てたんですか？」

「まあ、そんなもんよ」

エリカは、まさか「吸血鬼なの」とも言えないので、

「以前、サーカスにいたことがあるの」

「へえ……。凄いですね！」

「凄い」しか言葉が出ないようだった。

「で、お父さん、何か見付けた？」

「ああ。車を調べたという警官は大方早く戻りたくてたまらなかったのだろうな」

クロロックはポケットから小さな財布らしい物を取り出した。

「これが車のダッシュボードに入っていた」

「中は？」

「手紙らしいな。ともかく、この花柄《はながら》の財布が誰のものか、ホテルへ戻ってから見てみよう」

「あ……。もしかして……」

と、志穂が言った。

「見憶えがあるのかな?」

「たぶん……。あの修学旅行に来ていた人で……」

「誰か生徒の持ち物?」

「いえ、男の先生です」

「男の先生?」

「ええ。売店でお土産《みやげ》を買ってたんですけど、小銭を出すのに、お財布を取り出して、でも可愛《かわい》い花柄だったんで、おかしかったの、憶えてます」

「偉いわ、志穂さん!」

と、エリカが言った。

「これは、ひとつあの元校長あたりに会ってみなくてはならんな」

と、クロロックは言って、

「さて、朝飯がまだなんだ。――朝飯前の仕事は一つ片付けたがな」

と、マントに付いた泥を払った。

ホテルへ戻りかけたとき、

「あの……クロックさん――でしたっけ」

と、志穂が言った。

「クロロックだ。まあ大して違いはないが。何か?」

「お願いしたいことが……」

「言ってみなさい」

「あの……もし聞いていただけたら、朝食に目玉焼きを一つ追加しますけど」

クロロックは笑って、

「こいつは大変だ。そんなに重大な頼みなら、聞かんわけにはいかないな」

「すみません!　クロロックさんなら、きっと大丈夫だと思うんです」

と、志穂は嬉しそうに言った。

「あそこです」

と、志穂はホテルの裏手の林を抜けて足を止めると言った。

「――なるほど。奇妙な場所だな」

「誰かが住んでるの？　そうは見えないけど」

と、エリカが言った。

そこは深く落ち込んだ崖《がけ》になっていて、谷を挟んだ向こう側までは数十メートルもあるだろうか。

「以前は橋がかかっていたのだな。その跡がある。吊り橋だったのだろう」

「でも、それが落ちたのね。で、向こう側とはつながらなくなった」

「しかし、確かに向こう側には小屋があるな」

向こう側の崖っぷちに、しがみつくように古びた小屋がある。

「でも、あそこに誰か住んでるんです」

と、志穂が言った。

「見たことがあるの？」

「いいえ。でも、何度か食べ物を運んでるんです。ホテルの番頭さんが」

「でも――どうやって？」

「ドローンです」

「ドローン？」

　エリカが目を丸くして、

「そんなものを使ってるの？」

「私もびっくりしました。番頭さんなんて、およそそんなこと、縁がない人だと思ってたから。でも、見たんです」

　と、志穂は言った。

「番頭さんが、朝早く、裏庭でドローンを飛ばす練習をしてました。汗びっしょりかいて」

「それで食料を？」

「ええ。一度たまたま送ってるのを見たんです」

と、志穂は肯《うなず》いて、

「でも二度やりそこなって、三度目に、やっと届いてましたけど」

「届いたからには、向こう側に受け取る者がいるのだな」

「お父さん……」

「うん。行ってみるしかないな」

「え？　でも——空も飛べるんですか？」

と、志穂が目を丸くした。

「鳥ではないから、空は飛べん。しかし、谷というものは、下って上れば越えられるというものだ」

クロロックはエリカを見て、

「お前も一緒に来た方が良さそうだな」

「同感」

「では行こう」

クロロックとエリカはさっさと崖を下り始めた。

そして、しばらくすると、向こう側の崖を上って行く二人の姿があった。

志穂は、今にも卒倒しそうだった。

「私……夢見てるんだわ、きっと……」

――クロロックとエリカは、崖を上り切ると、小屋の中へと入って行った……。

✠ 容疑

表に出ると、河辺《かわべ》みずほは足に力が入らず、よろけて転びそうになった。

「しっかりして！」

駆けつけて、みずほを支えたのは、〈M女子高〉の元校長、陣内広代《じんないひろよ》だった。

「あ……。校長先生……」

みずほは頭を振って、

「すみません。ほとんど寝てないので……」

「ひどいわね、本当に！　さあ、タクシーが待ってるから」

「お手数かけて……。でも、校長先生――」

「もう校長じゃないわよ。広代でいいわ」

「そんな……。もったいない……」

支えられながら、タクシーに乗ったみずほは、タクシーが動き出すより早く、眠ってしまった……。

「――可哀《かわい》そうに」

みずほの頭を膝の上にのせて、広代は呟《つぶや》いた。

「あら、ケータイが」

広代のケータイが鳴った。しかし、その音ぐらいでは、みずほは全《まつた》く目を覚まさなかった。

「――陣内でございます。――は？　――まあ、クロロックさん」

広代はホッとして、

「ええ、みずほさんが今、警察から。――そうなんです！　――はあ。でも、どうしてホテルに……」

広代は言われるままに、タクシーを都内のホテルへと向かわせた。

ロビーで待っていたクロロックは、眠っているみずほを軽々と抱いて、部屋へと運んだ。

みずほは全く目を覚まさず、ベッドで深い寝息をたてていた。

「ひどい話ですね」

と言ったのはエリカだった。

「本当に……」

と、広代はため息をついて、

「あの校舎から見付かった死体は、DNA鑑定で、やはり修学旅行のときいなくなった香《か》山靖子《やまやすこ》さんだったと分かったのです」

「聞きました」

と、クロロックは肯《うなず》いて、

「いたましいことだ」

「ところが、突然、刑事がみずほさんの所へやって来て、連行され、みずほさんは女生徒を殺しただろうと言って責められたのです」

と、広代は怒りで顔を紅潮させ、

「何の根拠もありません。香山さんは、検死の結果、首を絞《し》められたということでしたが、その死体が保健室の中に隠してあったからといって、みずほさんを犯人と決めつけ……」

「何日も眠らせてもらえなかったのだろうな」

と、クロロックはベッドで深い眠りに落ちている河辺みずほを見て言った。

「でも、みずほさんは頑張って、絶対に殺したと認めなかったそうです。結局、みずほさんと殺人を結びつける証拠は一つもないのですから、警察も諦めて釈放せざるを得なかったのです」

「すばらしい意志の力だ」

と、クロロックは讃《たた》えて、

「それにしても妙だ。なぜ彼女を強引に引っ張って来て、犯人に仕立てようとしたのか」

「得をするのは、本当の犯人」

と、エリカが言った。

「その通りだ。これには何か裏の事情がありそうだ。そこをつつけば、何かが出て来る」

クロロックはそう言うと、

「ところで、あの校舎のあった土地はどうなっておるのかな？」

と、広代に訊いた。

「消滅した〈M女子高〉は、古い歴史のある学校だった。そのため、女子校としては校庭が広く、充分に正式なコースを作ることができます」

跡形もなくなって、ただの広い土地になった、元の〈M女子高〉の土地を見渡して、得意げに言ったのは、〈M女子高〉の教師だった小島吾郎《こじまごろう》だった。

「なるほど。校舎を作っても、なお充分な余裕があるというわけですな」

小島のそばに集まっていた七、八人の男たちは満足そうに肯いた。

「新たな学校として、認可されるのにも問題ない。ちゃんと手は打ってありますからね」

「初代校長が小島さんというのも決定済みでしょうな」

「いや、理事会が決めることですからな」

と、小島は笑って言った。

「理事会は我々だ。小島先生の志《こころざし》をよく理解しておりますよ」

「ありがたいことです」

小島は、笑顔になるのを抑え切れなかった。そして、

「期待に違《たが》わぬ名門校にしてみせますよ」

と、小島は校庭に向けて両手を広げると、

「我が校は、『男らしい男』を育てるのです！　何よりまず肉体をきたえ、スポーツ万能の若者。政治だの社会だの、余計なことを考えず、親と教師に従順な若者こそ、我が校の理想です」

「全く同感です。生意気な理屈を言い出すような奴は即退学させればいい。今は女が大きな顔をしすぎとる」

と、どう見ても九十才近いかと思える男が言った。

「ご心配なく」

と、小島が肯いて、

「スポーツに熱中させておけば、つまらん考えなど起こりません。夜はくたびれて寝るだけ。それについて来れない落ちこぼれは、どんどん除外していきます」

「心強いお言葉だ。政府も正にそういう教育を望んでおるのです」

――校庭の土地は今、金網《かなあみ》で囲まれていたが、その外で、男たちの話を聞いていたのはクロロックとエリカだった。

「――お父さん、今話してたの、現役《げんえき》の大臣だよ」

「そうだな。どうやら、〈M女子高〉が閉校になったのも、上の方の思惑があったのだな」

「でも、そのために人殺しまで？」

「香山靖子と谷崎《たにざき》ゆかりの会話を立ち聞きして、危ないと思ったのだろう。それはつまり、新学校の認可についても、相当な無理をしていて、調べれば容易に分かることだったのだろうな。それで口をふさぐしかなかった」

そのとき、話していた小島のケータイが鳴り出した。

「――誰だ？」

小島はいぶかしげに、

「もしもし？　――誰だ、そっちは？」

少し静かな間があって、

「先生。お久しぶりです」

と、女の声がした。

「誰だ？」

「分かりません？　憶えといて下さいよ、自分で絞《し》め殺した子の声ぐらい」

「何だと？　悪ふざけもいい加減にしろ！」

と、小島は怒鳴って、通話を切った。

「失礼しました。今の若い子たちは、たちの悪いいたずらを考えるものですな」

小島はそう言って、

「では、今後のプロセスについて、皆様とご相談したいと思います。いいお店を取ってありますよ」

「料理だけかね？」

と、大臣が訊くと、小島は笑って、

「その後も、たっぷり味わっていただけるように、いい子を用意してあります」

と言った。

「さ、お車の方へ」

——待機していたのは、豪華なサロンカーで、車が走り出すと、たちまちアルコールを飲み始めて、「走る宴会場」の状態になったのだったが……。


「うむ……。何だ？」

小島が身動きして、

「どうなってる？」

と、車の中を見回した。

サロンカーには違いない。しかし、車は停まっていて、窓の外は真っ暗だ。

「——眠っていたのか？」

いつの間にか眠ってしまったらしい。

車内の明かりは点《つ》いているが、一緒のはずの大臣を始め、誰も乗っていない。

「こんな馬鹿な！」

こんなはずはない。

車は予約した料亭に向かっていたはずだ。しかし、外は真っ暗で何も見えない。

「おい、誰か——」

と、立ち上がった小島は、床が大きく揺れて、びっくりした。

「ワッ！　どうなってる！」

あわてて座席の背につかまった。——ケータイが鳴る。急いで取り出すと、

「おい！　誰か助けてくれ！　車がどうかしてるんだ！」

と怒鳴った。

「——先生、怖いですか？」

「何だと？」

「私は苦しかったんですよ。先生に首を絞められたとき」

「お前は……」

「やっと分かりましたか。香山靖子です」

「くだらんいたずらはやめろ！　お前は死んだはずだ！」

「ええ。ですから、もうじきお会いできますよ、こちら側の世界で」

「そんな……。俺をからかったって、俺は何ともないぞ。俺は力を持ってるんだ！」

と言いつつ、小島は汗がこめかみを伝い落ちていくのを感じていた。

「外をご覧なさい」

「外を？　真っ暗じゃないか」

窓の外が、急に白々と明るくなって来た。

そして——小島は目を疑った。

車は前方へ大きく傾いていた。その先には——とんでもなく深い谷が口を開けていた。

「おい！　どうなってるんだ！」

小島が動くと、車はユラユラと揺れた。

「先生。その車は、崖《がけ》から半分落ちそうになって、微妙なバランスを取ってるんです。バランスを失うと、谷底へ落下しますよ」

「そんな……。どうして俺を……」

「正直に白状して下さい。〈M女子高〉を潰すために、裏工作していたこと。その電話を修学旅行先で私に聞かれて、私を殺したこと……」

「何を言うか！　俺には——俺には政府のお偉方がついてるんだ！　お前一人殺したぐら

いが何だ！」

　小島はかすれた声で叫んだ。

　すると、突然車は普通に走り出した。

　そして、車内には客たちが戻っていたのだ。

「これは……どうかしたようです」

　と、小島が汗だくになって言った。

「小島君。君があの女子高生を殺したのか」

「大臣！　とんでもない！　私がどうして――」

「しかし、今、君はそう言ったじゃないか」

「これはまずいぞ」

　と、他の一人が首を振って、

「我々も、金の不正ぐらいは大目に見るが、人殺しとなるとね……」

「待って下さい！　今のは夢だったんです！　私は悪い夢を見て、あらぬことを口走ってしまったんです！」

するど、女の声が、

「悪あがきはおやめなさい」

と言った。

振り向いた小島は目を見開いて、

「君は……」

谷崎ゆかりが立っていた。

「私は幽霊でも幻でもありませんよ」

と、ゆかりは言った。

「助けられたんです。あの崖の上の小屋から」

「そんなことが……」

「私が証言します。あなたが香山さんを殺したことを」

小島は床にペタッと座り込んでしまった。

「おい車を停めろ」

と、大臣が言った。

「この車に乗っていたことは、お互い忘れましょう」

「まあ、小島さんとも付き合いはなかったことに……」

車が停まると、客は次々に降りて行った。

「ドライバーさん」

と、ゆかりが言った。

「近くの警察署へ行って下さいな」


かつて校庭だった土地に、赤い夕陽が射していた。

風がクロロックのマントをフワリと広げる。

「——本当にふしぎな方ですね」

と、元校長の陣内広代が言った。

「クロロックさんのおかげで……」

「大したことではありません」

と、クロロックは首を振って、

「小島の平衡感覚をちょっといじってやっただけです。小島は内心罪の意識を抱えていたから、勝手に幻覚を見たのですな」

「私の電話も効いたでしょ」

と、エリカが言った。

「別人の声でも、殺した女の子の声に聞こえたんですよ」

「可哀《かわい》そうなことを……」

と、谷崎ゆかりが言った。

「谷崎先生まで殺されなくて良かったわ」

と、広代が言った。

「私にずっと言い寄っていたんです、小島先生は。それで、言うなりになれば殺さないでいてやると……。もちろん拒《こば》みました。そしたら、あの小屋へ閉じ込められ……」

「無事助け出せて良かった」

「ありがとうございました。いっそ飛び下りて死のうかと思っていましたが」

「希望を捨てないことだ」

と、クロロックが言うと、

「お父さん、見て」

エリカが、元の校庭に入って来る少女たちを見て言った。

「まあ！　〈M女子高〉の生徒たちです！」

と、広代が嬉しそうに声を上げた。

「校長先生！」

と、呼びかけたのは、河辺みずほだった。

「小島に騙《だま》されていたというので、政府が謝罪して、〈M女子高〉を再建してくれることになったそうです」

「まあ！」

「生徒たちも、戻って来ますよ。元の通りの学校が開けます」

「すばらしいわ！　校舎ができるまで、プレハブで授業をしましょう。一日も早く、元の日々を取り戻して」

何十人もの少女たちが、話を聞きつけて駆けつけて来た。河辺みずほも、谷崎ゆかりも、生徒たちに囲まれている。

「お父さん」

と、エリカがクロロックをつついて、

「女の子に囲まれる前に、引きあげた方がいいんじゃない?」

「そうか。うちの奥さんを怒らせてはいかんな」

そう言って、クロロックはエリカと一緒に急いで〈M女子高〉を後にしたのだった……。

吸血鬼と逃げた悪魔

✠ 群衆

地響きは、さしもの宮殿の建物をも揺るがすばかりだった。

「宮殿内へ入って来ました！」

と、アンリが叫んだ。

「ジャンヌ、逃げましょう！」

「でも、アンリ――」

と、ジャンヌはためらって、

「私にはお役目が……」

「今となっては、そんなことを言っていられません！」

と、アンリはジャンヌに黒いショールを頭からかぶせ、

「急ぎましょう！　こっちへ近付いて来る！」

ドドド……。

床を伝わってくるのは、数え切れないほどの人々の足音だ。この宮殿の豪華な廊下《ろうか》を埋め尽くすばかりにして近付いて来た。

「逃げるといって、どこへ？」

と、ジャンヌが怯《おび》えたように、

「どこへ出ても、大勢の人が待ち構えているでしょ」

「秘密の抜け道が」

「そんなもの――本当にあるの？」

と、ジャンヌが目を丸くする。

アンリは壁に堂々とした存在感を見せている石造りの暖炉《だんろ》へ駆け寄って、前枠《まえわく》を作っている石柱のどこかをいじった。

すると、暖炉が滑らかに開いて来たのだ。

ジャンヌは唖然《あぜん》として言葉もなかった。

「さあ、早く！」

と、アンリが促す。

ジャンヌはそこにポカッと開いた穴の中へと、頭を下げて駆け込んだ。アンリがそれに続くと、暖炉は元の通りに閉じられた。

間一髪《かんいっぱつ》だった。数秒後、その部屋のドアは叩き壊され、人々がドッとなだれ込んで来た。

１７８９年。

フランス革命は数多くの貴族の命を奪った。

しかし――今、地下道を逃げている二人、アンリとジャンヌは貴族ではなかった。

ジャンヌは農家の娘。そしてアンリは宮殿に仕える従者だった。

それでも逃げなくてはならないのは、ジャンヌが王妃マリー・アントワネットとそっくりのドレス姿だからだ。

ジャンヌは、たまたま顔立ちがアントワネットとよく似ていたので、「替え玉」として雇われていたのだ。

「急げ！」

と、アンリが荒い息で言った。

ジャンヌも、もともと畑仕事をしていた娘である。ドレスは邪魔だが、体力はある。

暗いトンネルは、壁に取り付けられた燭台《しょくだい》の明かりに何とか照らされていた。

「——まだ走るの？」

「僕だって知らない！　初めてなんだ！」

と、アンリが答える。

「階段だわ！」

地上へ上がれる石段らしい。二人は、それを上がって、重い木の扉を押し開けた。

「ここは……」

と、汗だくになりながらジャンヌが言った。

「厩《うまや》だ」

アンリは中を見回して、

「馬車がある！　あれで逃げよう」

逃走用に用意されていたのだろう、二頭の馬がすでにつながれて、いつでも走れるようになっていた。

「でも――こんな馬車じゃ、すぐ見付かっちゃう」

馬車には王家の紋章が付いていた。

「仕方ない。夜だから見えないよ。君は馬車の中に。僕が走らせる」

アンリは御者台に上ろうとして、足を滑らし、地面に落ちて泥だらけになってしまった。

ジャンヌが呆《あき》れて、

「何やってるの！　馬車を走らせたこと、あるの？」

「だって僕は――司祭の息子なんだ」

と、アンリがやっと立ち上がる。

「私がやるわ！」

「ジャンヌ――」

「私はね、農家の娘。馬車なんか毎日乗ってたのよ」

ジャンヌはカツラを取って投げ捨てると、ドレスを脱ぎ出した。アンリが焦って、

「おい、そんな格好で……」

「何よ！　命の方が大切でしょ！」

ドレスを脱いでも、その下に何重にも肌着をつけている。ジャンヌは馬車の中にあった毛布をまとうと、御者台に上がった。

「行くわよ！」

「待ってくれ！」

アンリがあわてて馬車に乗り込む。

「行け！」

ジャンヌが手綱《たづな》を取って声をかける。

馬車は厩の戸を押し開けて、夜の闇へと走り出した。

「どっちへ行けばいいの！」

と、ジャンヌが怒鳴った。

「知らないよ！」

アンリは怒鳴り返したが、

「ともかく、宮殿から離れるんだ！」

「じゃ、こっちね！　ヤア！」

ジャンヌだって、馬車を猛スピードで走らせたことはない。しかし、必死の思いが馬にも伝わったのか、馬車はほとんど飛ぶような勢いで――もちろん、ジャンヌの感覚からすれば、だが――木立の間の道を突っ走って行った。

しかし――馬車の中にいたアンリは、突然自分だけが「乗客」でないことに気付いた。

「誰だ！」

座席にうずくまって、毛布をかぶっていたので、暗い中では気付かなかったのである。

「お前こそ誰だ？」

と、毛布の下から現れたのは、鋭い目つきの初老の男だった。

「僕は宮殿の従者だ」

「そうか。馬車を走らせているのは女か？」

「ああ。あんたは――」

「同じ方向へ行く者さ。つまり、群衆から逃げる」

「貴族か？　そんな格好でもないけど」

「逃げるには色々理由がある。ともかくこのまま突っ走れ！」

ジャンヌは馬車の中から聞こえて来る声に気付いて、速度を緩《ゆる》めると、

「アンリ、誰と話してるの？」

と、声をかけた。

「もう一人、客がいたんだよ」

「誰なの？」

「その声には聞き覚えがあるぞ」

と、男は言った。

「もしかしてジャンヌか？　王妃の身替わりの」

「あなたは？」

「分からないか？」

少しして、ジャンヌは息を呑《の》んだ。

「あなた――クーシェね！　秘密警察の長官の」

「その通り。君らと同様、革命とやらに熱中している連中に見付かったら殺される身だ。

さあ、馬車を飛ばせ」

「クーシェだって？」

アンリが青ざめた。

「あの――悪逆非道な秘密警察の？」

「今はただの逃亡者だ」

と、クーシェは言った。

「君らも生きのびたいんだろう？　それなら私の言う通りにすることだ。私はいつかこんなこともあろうかと思って、隠れ家を用意してある」

「人がいる！」

と、ジャンヌは言った。

行く手に、明るく火をたいて、人々が集まっている。クーシェは窓から顔を出して前方を覗《のぞ》くと、

「まずい！　おい、脇道へ入れ！」

「道なんかないわよ！」

人々が馬車に気付いた。

「止まれ！」

と、前をふさぐ。

「止まるな！」

と、クーシェが怒鳴った。

「止まったらおしまいだ！　殺されるぞ！」

ジャンヌは馬にムチを当てた。馬車が人々を押しのけて突っ走った。

「追いかけろ！」

「逃がすな！」

という群衆の声が背後に聞こえる。

ジャンヌは必死で馬車を走らせたが――。

「キャッ！」

と叫び声を上げた。

暗い夜の中、馬車は道を外れて、林の中へ突っ込んでいた。

「どこへ行くんだ！」

「知らないわよ！」

馬車が大きく跳びはねた。そして――気が付くと、目の前から地面が消えていた。

馬車は、崖《がけ》から空中へと飛び出し、遙《はる》か下の湖面へと落ちて行った。

そして、馬ごと水へと突っ込んだのだ……。

✠ 時の迷子

エリカは目を覚ました。

「何かしら、今の？」

ベッドに起き上がって、パジャマ姿で欠伸《あくび》しながら寝室を出た。

「――お父さん、起きたの？」

「ああ。何だか騒がしいのでな」

と言ったのは、フォン・クロロック。

トランシルヴァニア出身の、正統な「吸血族」の一人である。もっとも今は棺《ひつぎ》の中で寝ているわけではなく、若い妻、涼子《りょうこ》と一粒種《ひとつぶだね》の虎《とら》ちゃん、こと虎ノ介《とらのすけ》と一緒にベッドで寝ている。

従って今も吸血鬼ファッションの黒いマントでなく、ガウンを着ていた。

「水の音がしたな」

と、クロロックは言った。

「その奥の池かしら？」

「誰かが落っこちたかな。しかし、こんな夜中に？」

「虎ちゃん、寝てるの？」

「ああ、スヤスヤとな。涼子もぐっすりだ」

エリカは、クロロックと日本人女性の間に生まれた二十一才。母親は亡くなり、今の継母はエリカより一つ年下である。

「お前の友人たちも起きてこないようだな」

エリカの一家は、大学の夏休みに、この避暑地へやって来た。

コテージは、真ん中のリビングダイニングを四つの部屋が囲んでいて、その一つにはエリカと同じ大学生の二人、大月千代子《おおつきちよこ》と橋口《はしぐち》みどりが泊まっている。

「ともかく様子を見に行くか」

「そうだね。ちょっと待って。私もガウンはおらないと、外は寒いね」

エリカとクロロックはコテージを出た。

森の中に点在するコテージには、さすがに夜中の三時ごろなので、明かりが見えない。

少し大きめの池があって、この宿泊施設では、〈湖〉と呼んでいる。

照明があるので、足下は大丈夫だが……。

「水面が泡立《あわだ》っとるな」

と、クロロックが言った。

「何かしら?」

「どうも、この池にはどこか普通でないところがある」

「どういうこと?」

「水面から立ち上っている空気に、何か古いかびのような匂《にお》いがするのだ。もしかすると
これは……」

と、クロロックが言いかけたとき、

「お父さん!　誰かが」

エリカが指さしたのは、池のほぼ反対側で、大分離れているので、よく分からなかったが、誰か人影が林の中へと駆けて行ったのである。

「池から上がって、駆けて行ったようだな。妙なことだ」

「こんな夜中に池で泳ぐ?」

「いや……。どうやらもっととんでもないものがやって来そうだぞ」

「え?」

するると、池の中から、何か大きな箱のような物がザーッと音をたてて現れた。

「――お父さん、これって」

「うむ。どうやら馬車のようだな」

浮かび上がったのは、どう見ても昔風の造りの馬車。馬はいないが、扉が開いている。

「また沈むよ」

一旦浮かび上がった馬車は、再び沈もうとした。すると――。

「誰かいる!」

開いた扉をくぐり抜けるようにして、誰かが出て来た。しかし、泳げないのか、必死で水をかきながら、沈みそうだ。

「やむを得ん」

と、クロロックは言った。

「エリカ、二人いるぞ」

「ええ？　この格好で？」

「放っておけまい。行くぞ」

しょうがない！　人が溺《おぼ》れるのを見捨ててはおけない。

クロロックに続いて、エリカも思い切って池へと飛び込んだのだった……。


「一体どうなってるの？」

涼子が不機嫌なのも無理はない。

夜中に溺れかけた男女を、クロロックとエリカが運び込んで来たのだから、当然、クロロックたちもずぶ濡れ。

「救急車を呼ぼう」

と、エリカが言った。

「そうだな。あの水に浸っていたのでは、体温が下がっていよう」

エリカがここの管理事務所に連絡して、「池で溺れた人が」と言った。

「あそこは〈湖〉です」

と向こうは訂正して、

「どうしてこんな夜中に泳いでたんです？」

「知りません！　ともかく病院へ運ばないと」

渋っている管理人に何とか救急車を手配することを承知させて、エリカは、

「私、寒い！　熱いシャワーを浴びてくる！」

と、あわててバスルームへと駆け込んで行った。

クロロックも濡れたままではいられないので、着替えたが――。

「どういう人たち？」

と、涼子が眉《まゆ》をひそめて、

「どうしてこんな格好してるの？」

男の方は昔の貴族を描いた映画に出てくる召使《めしつかい》のような服装。そして女の方は、やはり貴族社会の女性のような――しかし、ドレスではなくその下の肌着姿。

「映画のロケでもやってたのかしら」

と、涼子は言った。

すると、女の方が身動きして、何か言った。

「――何ですって？」

と、涼子は面食らって、

「何語を話したの？」

「フランス語だ」

と、クロロックは言った。

「しかし、今どき使わないような、昔風の言い回しだ」

涼子は肩をすくめて、

「じゃ、きっとタイムマシンで過去からやって来たんでしょ」

「うむ。――さすがは我が妻！　その推理は当たっているかもしれん」

クロロックが真面目《まじめ》そうに言うので、涼子は呆《あき》れて、

「私は寝るわよ。虎ちゃんが寝不足だと機嫌が悪いのよ」

涼子は欠伸《あくび》をして、自分たちの寝室へ戻って行った。

男の方が喘《あえ》ぐように息をして、何か叫ぶように言った。

——エリカがシャワーを浴び、生き返った気分でやって来ると、

「二人ともまだ?」

「何か呻《うめ》いとった」

「何て?」

「女の方は、『王妃様はお逃げになって……』と言って、男の方は、『あいつはどこだ!』と叫んでおった」

「何語で?」

「フランス語だ。それも十七、八世紀ごろの言い方だった」

「フランス人だね、見たところも。病院に運ばれても、向こうが困るかも」

「うむ。我々が付き添って行かねばなるまい。お前はこの女性のそばにいてやってくれ」

「仕方ないね。人助けって、大変だ」

「詳しいことが分かれば、もっと大変かもしれん」

ここでひと言。――突然だが、エリカはドイツ語だけでなく、フランス語も理解し、しゃべれるようになった。

少々無茶だが、何しろ吸血鬼の娘である。人間離れした能力を持っていてもおかしくない（ということにする）。

コテージの電話が鳴って、救急車が着いたことを知らせてきた。


突然のことだった。

まだ当分は目を覚まさないだろう。エリカはそのフランス人女性のベッドのそばで、椅子《い》子《す》にかけてウトウトしていた。

夜中に病院に運び込んでからほぼ半日。――病室には午後の日差しが入り込んでいる。

すると――いきなり、その女性が何か叫んだのである。びっくりして目が覚めたエリカは、

「気が付いた？」

と、フランス語で言った。

その女性は頭を強く振って、

「ここは……どこですか？」

と訊いた。

「病院よ。ずいぶん弱っていたけど大丈夫。特に悪いところはないそうよ」

「病院……」

「病院だってことは分かるでしょ？」

「ええ……。でも、こんなに明るくてきれいで……。これは？」

と、自分の腕に針が入って、点滴を入れられているのを見て、怯《おび》えたように、青ざめた。

「心配ないわ。あなたの体力が戻るように、栄養を入れてるの。動かないで。針が抜ける」

「あの……そうだわ。王妃様は！　王妃様はどうなりました？」

と、声を震わせて訊く。

「王妃様って……」

「マリー・アントワネット様です、もちろん」

　エリカは彼女の手を取って、

「気の毒だけど、マリー・アントワネットはフランス革命のとき、断頭台で処刑されたわ」

　それを聞いて、女性は「ああ」と声を上げた。そして、

「王妃様！」

　と、悲痛な叫び声を上げた。

「申し訳ありません！　私が代わりに死ななければいけなかったのに。恐ろしさに逃げ出してしまいました！」

「あなた、マリー・アントワネットの影武者だったの？」

　エリカはびっくりした。あの衣裳《いしょう》はそのせいか。

　娘は「ジャンヌ」と名のった。二十才《はたち》を過ぎたところらしい。

　王妃の代わりとしては若過ぎるだろうが、あの時代、民衆は王妃をじかに見たり、写真

を見てもいないわけで、年齢が違っていても気にしなかったかもしれない。

ひとしきり泣いて、ジャンヌは、

「――あの、一緒に逃げたアンリという男の人が……」

「この病院にいるわ。助かったわよ」

「そうですか！」

と、涙を拭《ぬぐ》って、

「あなたは……見慣れない服を着てらっしゃいますね」

と、改めてエリカを眺めた。

「びっくりするでしょうけど……」

と、エリカはかんで含めるように言った。

「あなたの生きていた時代から、もう二百年以上たっているのよ。ここは東洋の日本という国」

ジャンヌはキョトンとしているばかりだった。

✠ 逃亡者

「アンリ……」

「ジャンヌ！　生きてたんだね」

「お互いに……」

「うん。──色々聞いたよ。でも、とても信じられない」

ジャンヌは車椅子でアンリの病室を訪れていた。

「僕らは、何かの魔法にかけられてるんじゃないか」

と、アンリは言った。

馬車から抜け出すときに、足首を骨折していたのだ。ジャンヌは、車椅子ではあるが、特にひどい傷などはなかった。

「そうね……。でも、エリカさんの話を聞いて、外の様子を眺めてみたら、信じないわけにいかないでしょ」

と、ジャンヌは首を振って、

「馬のつないでない車が走り回ってるし、空には大きな鳥の化物みたいな乗り物が飛んでる……。あれに何百人も乗ってるそうよ」

「どうなってるんだ！」

アンリの方は、なかなか目の前の現実を受け容《い》れられずにいるようだ。

「一つ、気になってることがあるの」

「気になってること？　一つどころか、百も二百もあるよ」

「真面目に聞いて！　私たちと一緒に馬車に乗ってた男のことよ」

「クーシェか！　忘れてた。でも、この病院には僕ら二人しか……」

「ええ。あの人はどうなったのかしら」

「きっと、二百年も飛び超えて来られなかったのさ」

「そうかしら……。だといいけど」

ジャンヌが不安げに言ったとき、

「失礼」

と、声がして、クロロックが入って来た。

「あ……。エリカさんのお父様ですね。エリカさんには本当にやさしくしていただいて……」

と、ジャンヌが言うと、

「今、話が耳に入ったのだが、『クーシェ』と言ったかな？」

「ええ……。あの馬車で一緒だったんです」

「それはもしかしてジョゼフ・クーシェのことか？　秘密警察の長官だった」

ジャンヌとアンリはびっくりした。

「そうです」

と、アンリは肯《うなず》いて、

「クーシェをご存じなんですか？」

「歴史の中に名をとどめておる。国王の配下でいながら、革命が起こると、貴族たちを捕らえて次々に断頭台へ送った」

「そんなことが伝わっているのですか！　卑劣《ひれつ》な悪党め！」

「アンリ、落ちついて」

と、ジャンヌはなだめて、

「クロロック様――でしたかしら。私たちがあの池から出て来たとき、クーシェはいませんでしたか」

「はっきりはしないが、二人の前に、誰か一人が、水から上がって、林の中へ駆け込んだようだった」

「じゃ、もしかして、クーシェが？」

「かもしれんな。この付近で、不審なフランス人を見かけた者がいないか、調べてみよう」

「お願いします！　あれは、とても恐ろしい男なのです」

と、ジャンヌは言った……。

「ジョゼフ・クーシェ？」

と、エリカが言った。

「その名前なら、本で読んだよ」

「うむ。――私も、フランスの方の事情は直接見ていないからな」

と、クロロックは言った。

二人は、ジャンヌとアンリの入院している病院の近くで昼食をとっていた。

もう一家は東京へ戻っている。しかし、ジャンヌたちを放り出して行ってしまうわけにもいかない。

「入院費用は、とりあえず私が何とかするしかないな」

クロロックとしては「お金」の問題もある。

「そのクーシェは、どこにいるのかしら？」

「一緒に現代へやって来たとすると、いささか心配だな」

「見付けられるんじゃない？　フランス革命の時代のフランス人なんて、そういないでしょ」

「それはそうだが、悪党ほど、生きのびる力を持っているものだ」

と、クロロックは言った。

「あの二人と比べて、おそらくずっと早くこの時代に慣れてしまっているだろう。そうなると捜すのは大変だ」

「どこを捜せばいいの？」

「この近くにいればいいが。――もし、大都会へ出てしまったら、容易なことでは見付けられん」

「それじゃ……」

「心配なのは、それだけではない」

「どういうこと？」

「クーシェのことは評伝にも残っている。ということは、もっとフランスで長く生きていたということだ」

「あ、そうか」

「あの二人の話を聞くと、まだ革命が始まったばかりの時代からやって来ている。しかし、クーシェが暗躍していたのは、その後だ」

「つまり……クーシェは、また過去へ戻ったってことね」

「戻るすべがあるのかどうか……。あの〈湖〉に、時間を行き来するトンネルのようなものがあるのかもしれん。しかし、そんなものがあれば、これまでも、他の時代からやって来る者があっただろうしな。おそらく、様々な偶然が重なって、こんなことになったのだろうが……」

「クーシェが、この世界でも何か悪いことをする？」

「それを心配しておる」

そう言いながら、クロロックはしっかりスパゲティを平らげていた。


ポルシェは快適に走り続けていた。

「やっぱり、乗り心地が違うよ！」

念願のポルシェを買ってもらって、まだ三週間。ともかくどこへ行くにもポルシェ。歩いて五分のコンビニでもポルシェで行ったりする始末。

「――あれ？」

林の中の道を走らせていると、外国人の男性が一人、疲れた様子で歩いているのが目に留まった。

別にヒッチハイクをしているわけではないようだったが、新しい車で気が大きくなっていたせいもあってか、その男のそばへ車を寄せて停めた。

「ハロー」

と、北里徹《きたざととおる》は言った。

男は、

「ボンジュール」

と返して来た。

「ボンジュール」がフランス語だってことぐらいは、北里徹にも分かっていた。

「フランス人？　どこへ行くんですか？　乗って行きます？」

と、日本語で言った。

大学ではフランス語を取っているのだが、「ボンジュール」と、「アイ・ラブ・ユー」に当たる「ジュテーム」くらいしか憶えていない。

しかし、相手は北里の言うことを、口調や事情で察したのか、

「メルシー。アリガトウ」

と言って、助手席に乗って来た。

「じゃ、どこか近くの街まで。オーケー？」

とフランス語などどこへ、というところ。

中年の、少し老けた男である。着ているのはずいぶんくたびれたジャケットとズボン。

車が走り出すと、男は、

「ベリーハングリー」

と言った。

英語の方が北里に通じると思ったのだろう。

「腹減った？　オーケー、オーケー。俺もハングリーだから、近くで何か食おう」

と、北里は言った。
五、六分走ると、広い国道へ出て、サービスエリアがある。

そこで車を停め、北里は男と一緒に中の食堂に入った。

「手っ取り早く食べるなら、カレーライスだな。カレー、オーケー？」

何でも良かったらしい。男は黙って肯《うなず》いた。

そして、セルフサービスでテーブルに運んだカレーライスを、男は北里が呆《あき》れるような
スピードで食べ終えてしまった。

「——よっぽど腹減ってたんだね」

と、北里は笑って、

「え？　お金？　いいよ、これぐらい」

と言って食べ始めた。

男は何も言っていないのだが、北里は男の表情を見て、勝手に解釈したのである。

「——俺、東京まで行くんだけど、あんた、どこまで？」

と、北里は訊いて、

「俺と同じ？　東京？　オーケー」

相手は微笑《ほほえ》んで肯いている。

早々に食べ終わると、二人は再びポルシェで出発した。

北里は、ともかく運転に夢中で、助手席のフランス人のことなど忘れかけていた。

その男は、黙って半ば目を閉じていたが、眠っているわけではなかった。

細く開いた目は、車を運転する北里の、手と足の動きをじっと見つめていた。

――一時間ほど走らせて、北里はバス乗り場の付近に一旦停めた。

「連絡しとかないとな……」

ケータイを取り出して、彼女にかける。

「もしもし。――ああ、今ポルシェに乗ってるんだぜ！　やっぱり凄《すご》いよ！　――え？

――ああ、夕方には着くよ」

しゃべりながら、北里は全《まった》く隣のフランス人のことは忘れていた。

フランス人の右手が、古びた上着の内側へ入った。そして、手の中に隠れるように取り出したのは、小型のナイフだった。

「うん。あと一時間半くらいかな。――そうだな。いつもの店で。――ただ、ワイン飲めないぜ、車だ」

北里はドアを開けて、ポルシェから降りた。

ずっと運転していたので、腰が痛くなったのである。

「うん。ちっとも構わないよ。――じゃ、今夜は家に帰らないことにするよ。それでいいだろ?」

と、北里は笑った。

フランス人が寄って来たのには、全く気付かなかった……。

✠ 裏切り者

学食でランチを食べているエリカへ、

「ね、エリカ、聞いた？」

と、大月千代子《おおつきちよこ》が声をかけてきた。

「何のこと？」

と、エリカが食べる手を止める。

「北里《きたざと》君のこと。ほら、金持ちの坊っちゃんの――」

「ああ、北里徹《とおる》君ね。彼がどうかしたの？」

「大変なのよ。あのね――」

と、千代子が言いかけると、学食の入口で、

「ふざけやがってよ！」

と、喚《わめ》いている声がした。

当の北里の声だ。

「人が親切に拾ってやって、飯まで食わしてやったのに！　俺のポルシェを盗んでいきやがったんだ！」

誰に話しているわけでもなく、ただ怒りをぶちまけているのだった。

「盗まれたって、どうしたの？」

と、エリカが声をかける。

「やぁ。——全く頭に来るぜ」

と、北里はエリカの隣の椅子《いす》にかけると、

「知らない奴に親切になんかするもんじゃねえな。せっかく買ってもらったポルシェが……」

「どこかに停めといて盗まれたの？」

「そうじゃないんだ。くたびれた様子で歩いてたから、乗せてやったんだよ」

と、北里は事情を説明して、

「――そしたら、そいつ、いきなりポルシェを運転してっちまったんだ！　しかも乱暴な運転でさ、あの調子じゃ、どこかにぶつけてへこませてるぜ、きっと」

「お気の毒。でも、目立つ車だもの。見付かるでしょ」

と、千代子が言った。

「傷だらけにされちゃかなわねえよ」

と、北里はむくれている。

「彼女に、ポルシェに乗せるって約束してたのに。――あのフランス野郎！　見付けたらただじゃおかないぞ！」

エリカは北里を見て、

「フランス野郎？」

「ああ、フランス人だったんだ。日本語はほとんど分からねえみたいだった」

「それ、どんな人だった？　若い？」

「いや、もういい年齢《とし》だった。何だかくたびれた変な上着を着てたよ」

「そのフランス人をどの辺で乗せたの？」

と、エリカは訊いた。

「どうしてだ？　心当たりでもあるのか？」

北里の説明を聞いて、エリカは、

「もしかすると……。でも、そのフランス人が私の考えてる男だったら、北里君、よく生きてたね」

エリカの言葉に、北里はわけが分からず、首をひねっていた。

「どう思う？」

と、エリカは言った。

「なるほど、フランス人か」

と、クロロックは肯《うなず》いた。

「可能性はあるな」

「そう思う？　もちろん、ポルシェを運転して逃げたっていうんだから、クーシェじゃないかな、って気もするんだけど」

〈クロロック商会〉の入っているビルの地階にあるティールーム。エリカは仕事中のクロロックに会いに来ていた。

「しかし、クーシェほどの男なら、その北里という男の子の運転しているのを観察して、覚えたかもしれん」

「もしそれがクーシェなら、東京に来ているってことになる？」

「そうだな。しかし、ああいう悪党は、自分の手は汚さないことが多いものだ。ニュースによく気を付けておくことだな」

エリカのケータイが鳴った。

「あれ？　北里君だ。——もしもし？」

「見付かったよ、車！」

と、嬉しそうな声。

「良かったね。無事だったの？」

「ああ。何とか、どこにもぶつけずにすんだみたいだ」

「で、そのフランス人は？」

「車だけ道の真ん中に置いてあったんだ。もう都内に入ってたけどな」

「逃げたってことね。別に警察に追われてたわけじゃなかったの？」

「それがさ、どうして捨ててったんだと思う？　ガス欠なんだ。ガソリンが空《から》になって停まったのさ」

　エリカとクロロックは顔を見合せた。

　男は――おそらくクーシェは、運転の仕方は見て覚えても、車がガソリンで走っていることまでは分からなかったのだ。

「おそらく間違いないな」

　話を聞いて、クロロックは肯いた。

「そうだよね。でも――今はどこにいて、何してるのか……」

　フランス人、というだけでは、さすがにクロロックも広い東京の中で見付けることは無理だった……。

「疲れたわ……」

口をついて出るのは、いつもそればかりだった。

八重子《やえこ》は、そろそろ夜が明けてこようというころ、重い足を引きずるようにして、アパートへの道を辿《たど》っていた。

古くなったコートは、明け方の寒さを防ぐのに不充分だったが、他にないのだから、仕方ない。

一体どうして……。こんな有様になってしまったのだろう。

いや、自分のことだ。分かってはいる。自分のせいなのだ。

ごく平凡なサラリーマンの妻だった八重子は、連日遅くまで飲んで帰って来る夫にうんざりして、スナックで知り合った年下の男と浮気した。

ところがその哲《てつ》という男がとんでもないワルで、八重子につきまとってきた。夫にもばれて、家を追い出され、八重子はヤクザの下っ端《したっぱ》だった哲と暮らすことに。

そして、「稼《かせ》いでこい」と言われて、夜の盛り場で体を売るようになる。——それからもう二年。

すでに若くはない八重子にとって、客を取るのは簡単なことではなかった。一晩道に立って、やっと一人か二人……。

「——おい」

その声にギクリとした。哲が目の前に立っていたのだ。

「何なのよ……」

と、八重子は口を尖らして、

「くたびれてるの。帰って寝るのよ」

と行きかけた。

「ふざけるな！」

いきなり哲に殴《なぐ》られて、八重子は尻もちをついた。暴力を振るわれるのはいつものことだったが——。

「稼ぎをごまかしやがったな！　俺を甘く見ると承知しねえぞ」

よろけて立ち上がった八重子を、哲はさらに殴った。

「もう……やめて……」

「殴られたくなかったら、もっと稼いでこい！」

と、さらに手を上げると――。

その手首をつかんだ男がいた。そして、アッという間に哲を叩きのめしてしまったのだ……。


夜の女。――何百年たっても、こういう女はなくならないのだ。

クーシェは皮肉な笑みを浮かべた。

思いがけず、何百年も時を飛び越えて、「未来」へやって来たが、そこはどういう場所だったろう？

確かに目を疑うような、数々の「道具」は出現していた。遠くの人間と話のできる機械、馬車の何倍もの速さで走れる車。そして鳥のように空を飛ぶものまで。

しかし、一旦そういう世界に慣れて、生きている「人間たち」を見れば、自分が生きていた時代から、どれだけ幸せになっているだろうか。

富《と》める者がいて、貧しい者たちがその何百倍もいる。

生きるすべを持たない女たちは、体を売るしかない。

人の暮らしは、少しも変わっていないではないか。

クーシェは、初めの内、とんでもない世の中へ来てしまったと青くなったが、まぶしいような表の世界の裏側に、「闇の世界」が息づいていることを知って、安心した。

これは俺のよく知っている世界だ。こういう所に生きている連中のことなら、誰よりもよく分かる……。


「早く逃げて」

と、八重子はくり返した。

「奴らに殺されるわよ」

しかし、その奇妙な外国人には通じないようだった。

「助けてくれたのはありがたいけど、あいつが仲間を連れて戻って来るよ」

それでも、その外国人はニヤリと笑うだけだった。

八重子は、自分のアパートに帰った。外国人もついて来た。

いくら言っても、分かっちゃくれない。――八重子はもう諦めていた。

どうなったって知らないわよ。私のせいじゃないし。

八重子は肩をすくめて、コートを脱いだ。

どうやら、この男は日本語がまるで分からないらしい。それでは、何と忠告してもむだなことだ。

アパートの部屋に入ると、男は中を見回して、何か呟《つぶや》いた。

「――フランス語?」

と、八重子が訊くと、男は黙って肯いた。

「そう。――でも私、フランス語は分からないから」

「ワイン?」

「え?　ああ、ワインね。一応あるわよ。安物だけどね」

八重子はグラスを取り出して、赤ワインを注いだ。

男は一気に飲み干すと、

「メルシー」

と言った。

それぐらいは八重子にも分かる。

「だけど……。早く逃げないと、哲が仲間を連れて来るよ」

といっても、フランス語で、どう言えばいいのか……。

二十分ほどして、ドタドタと足音がした。

「来たわ！」

八重子は壁に身を寄せて、

「ああ……。お願いよ、哲に謝って」

と言ったが、そのとたん、ドアが開いた。

哲が仲間を四、五人連れて来ていた。

「そこにいやがったのか。覚悟しろ！」

「哲。ねえ、この人フランス人なのよ」

「だから何だ？　どこの奴だっていい。すぐ袋叩きにしてやる」

と、部屋へ上がり込む。

男は少しも怖がる風でなく、哲たちを見ていた。哲は、

「やっちまえ！」

と怒鳴った。

すると――男は拳銃を取り出したのである。

「――何だ？　そんな物、怖かねえぞ！」

オモチャだとでも思ったのか、哲は嘲笑《あざわら》った。

次の瞬間、バン、と短く乾いた破裂音がした。

哲は、自分の服の胸の辺りにポツンと浮かび上がった赤いしみが、見る見る内に広がって行くのを、わけが分からないような表情で見下ろしていたが、やがて、

「おい……何だよ……」

と、戸惑ったように言った。

「何しやがったんだ……。俺は……どうして……」

そこまで言って、哲はガクッと膝をつき、倒れ込んだ。

哲の体の下に、血だまりが広がっていくと、八重子が、細い声で悲鳴を上げたが、すぐ

に途切れた。

哲についで来た男たちは、ただ呆然《ぼうぜん》として突っ立っているばかりだった……。

✠ 支配者

見本市の会場は、大勢の人でにぎわっていた。

各企業のブースには、人数の多少はあったが、関心を寄せる人たちの輪ができている。

「――お父さんは呑気《のんき》だね」

と、見物して歩いていたエリカは、クロロックに言った。

「何を言うか。〈クロロック商会〉は製造業ではないから、こういう所に出展はしないが、どこと取引すればいいか、見極めるのが仕事だ」

この見本市は、これからの老人介護に役立つ機器やシステムがテーマで、マスコミの取材も目立っていた。

「老人は増えこそすれ、減ることはないからな」

と、クロロックは言った。

二人が広い会場内を歩いて行くと――。

「何だか、人だかりが……」

と、エリカが言った。

「うむ。ボディガードらしき男たちがいるな。誰かＶＩＰが視察に来ているのだろう」

由緒《ゆいしょ》ある〈吸血族〉の生まれで、数百年を生きてきたクロロックが「ＶＩＰ」などと言っているのを聞くと、エリカはちょっと笑ってしまった。

「――なるほど」

と、クロロックは取材陣や一般の客に取り囲まれたビジネスマンらしい男を見て言った。

「知り合い？」

「いや、そうではない。あれは〈Ｍ電機〉の半田《はんだ》会長だ」

「へえ。――さすが大物」

ダブルのスーツを着た小柄な男は、自社のブースを見に来たということらしく、求められるままにカメラに向かってポーズを取っていた。

社員らしい男が、半田に展示している機器の数々を説明しているが、当の半田は、可愛《かわい》いミニスカートのコンパニオンの女の子たちとおしゃべりしていた。

「優雅なものだな」

と、クロロックが感心したように言った。

そのとき——エリカは目を疑った。

ごく普通のサラリーマンという印象の男が、そのブースを見ていたのだが、突然拳銃を手にして、半田を撃ったのである。

アッという間に三発の銃弾が半田の胸に。

クロロックも、あまりに突然のことで、どうすることもできなかった。

半田が倒れる。周囲の人々はただ立ち尽くすばかり。

そして、さらに驚くことが。——撃った男は、全《まった》く逃げようとはせず、銃口を自分のこめかみに当てて、引き金を引いたのである……。

会場はパニックに陥《おちい》る——かと思われた。

しかし、クロロックが辺りに響き渡る声で、

「落ちつけ！」

と、力強く言った。

「あわてて動けば、けがをするぞ！　誰も今の位置から動くな！」

何が起こったのかもよく分かっていない人々は、クロロックの言葉に従って、その場に立っていた。

クロロックは半田のそばへ寄ると、手首の脈を取って、

「――もう亡くなっておる。一一〇番しなさい。それと、この会場の警備責任者に連絡を」

と、ブースにいた社員へ言った。

「分かりました」

そのブースの責任者らしい男性が、しっかりと肯《うなず》いた。

「二人の亡骸《なきがら》を、何か布のようなもので覆《おお》いなさい。あまりにむごい光景だ」

「はい。――おい！　そこのテントの布を」

と、部下へ命令する。

「――何ごとかしら」

と、エリカはやっと息をついた。


「クロロックさんでいらっしゃいますね」

と、その女性は言った。

「警視庁の松永紀子《まつながのりこ》です」

現場はブルーシートで囲われていた。

きちんとしたスーツ姿の女性刑事である。

「状況は聞きました。あなたのおかげで、パニックにならずにすんだと」

「少々人より声が大きいのでな」

と、クロロックは言った。

「いえ、クロロックさんのことは、他の刑事仲間からも聞いています。これまでも何かとお力添えいただいて」

と、松永紀子は言った。

「突然のことだった。監視カメラが？」

「はい、見ました」

「殺された半田さんという人は、ややいかがわしいところがあったと、同業者から聞いたことがある」

「ええ。マフィアとのつながりを噂《うわさ》されていました」

と、紀子は肯いて、

「ご本人も用心して、プロのボディガードを付けていたようですが……」

「ああして、いきなり公《おおやけ》の場で撃たれては、逃げようがあるまいな。しかし、私がむしろ気になっているのは、犯人が自殺したことだ」

「私もです。監視カメラの映像を見ても、全く逃げようとしていませんね」

「そこだ。逃げようとして追われて自殺したのなら分かるが。――あれは普通ではない」

「同感です。私も見ていて背筋が寒くなりました」

「あれはどう見てもまともな状態ではない。おそらく、薬物でも与えられて、狙撃した後は自分を撃つように暗示をかけられていたのではないかな」

「そうですね！　ありがとうございます。検死のとき、その点をよく調べるように伝えます」

きびきびとした、気持ちのいい女性である。

「――何か心配なことがある様子だな」

と、クロロックが言うと、

「恐れ入ります。実は……」

と、紀子は周囲をちょっと気にして、

「他にも同じような事件が」

「ほう」

「それは暴力団同士の争いですが、若い幹部に、刃物を持って体当たりした男がいて、刺した後、充分逃げられる状況だったのに、その場で自分の胸を刺して死んだのです」

「異常な事態だな」

「全くです。――噂ですが、謎のフランス人が、関わっているという話が……」

「フランス人だと？」

クロロックが鋭く訊き返した。

「何かお心当たりが?」

「ないこともない」

と、クロロックは肯いて、

「しかし、何とも突拍子もない話なのでな。信じてもらえるかどうか分からんが」

「クロロックさんのおっしゃることなら、私、信じます」

「それはありがたい。——もし、私の想像が当たっていたら、この先も犠牲者《ぎせいしゃ》が出ることになるだろう」

「お父さん……」

と、エリカが言った。

「他の二人のフランス人の話を聞いてもらったら? その方が早いんじゃない?」

「いいことを言った。松永さんといったな。男女の入院患者と会ってみてほしい」

「分かりました。どこの病院に?」

と、紀子は言った。

「テレーズ」

と、クーシェは「愛人」を呼んで、

「みんなを集めろ。次の銀行襲撃の計画について説明する」

と言った。

「分かりました。でも夕食の後になさっては?」

「用事は早めに片付けるに限る」

「はい。それでは一時間後に」

「うん。一分でも遅れるなと念を押しておけ」

「承知しています」

今や大邸宅に住んでいる、組織のトップとなったクーシェは、ゆったりと寛《くつろ》いでいた。

その広間の隅で、面白くなさそうにTVを見ているのは、八重子《やえこ》だった。

クーシェが、誰も逆らえないふしぎなカリスマ性で、子分たちを従えるようになって、
少しの間は八重子がクーシェの身の回りの世話をしていた。

しかし、何といっても、八重子はフランス語が分からない。その不便さもあって、子分たちが捜してきたのが、クラブで働いていたテレーズで、父親がフランス人、母親は日本人だが、十代の半ばまでパリで暮らしていたので、フランス語は自在に使える。

加えて、八重子よりずっと若く、美人でもあった。

今や、テレーズは一日中クーシェのそばについて、すべてを取り仕切っている。

八重子は、追い出されないまでも、することもなくなり、毎日ブラブラしているだけだった。

「フン、何がフランス語よ。誰だって、フランスに住んでりゃ、フランス語ぐらい話せるわ。それが何だっていうのよ」

と、八重子は一日中そんなグチを言い続けていた。

――広間に子分たちが集まって、クーシェの話を聞く。

クーシェがフランス語で指示を出すと、テレーズが通訳する。

すると、まるでテレーズが偉くなったかのようで、子分たちがテレーズにペコペコするのである。

八重子は、その様子を苦々しげに眺めていた……。

✠ 爆破

「クロロックさん……」

病院の入口で、ジャンヌが待っていた。

「やあ。体調はどうかな?」

「はい。おかげさまで、ずいぶん元気になりました」

「それは良かった。——こちらは警察の松永《まつなが》刑事だ」

「松永紀子《のりこ》です。〈紀子〉で結構です」

紀子もフランスに留学したことがあり、大体のところは理解できた。

「フランス革命の時代からやって来られたなんて! 歴史の証人ですね」

「いえ……。本来のお役目を果たせなかったのですから……」

ジャンヌは退院したものの、入院しているアンリの所に毎日通っているので、この近くのビジネスホテルに泊まっていた。

クロロックが、何とか涼子《りょうこ》の了解を得て、ポケットマネーでホテル代を出しているのである。

「アンリは今検査に。じき戻ると思います」

と、ジャンヌは言った。

すると、看護師が、

「失礼ですが、アンリさんの身寄りの方ですか？　お電話が」

と、声をかけてきた。

「私が出よう」

と、クロロックが言った。

「ジョゼフ・クーシェのことは、私も知っています」

と、松永紀子が言った。

「僕らの話を信じてくれるんですか？」

と、アンリはベッドで少し起き上がって、

「珍しい人だな」

「アンリ、失礼よ」

と、ジャンヌがたしなめた。

「もちろん、そのフランス人がクーシェだとは限りませんが、調査してはっきりさせます」

「この世界でも悪事を働こうとするなんて……」

と、エリカが言った。

「人の心を支配するすべを手にしたのだろうな」

と、クロロックが言った。

「恐ろしいことです。クロロックさん、私たちにも何かできることがあるでしょうか」

と、ジャンヌが訊く。

「君たちはクーシェの顔を知っている。まず当人だと確認してもらうことだな。松永さんが、問題のフランス人の写真を手に入れてくれる」

「なかなか外へ出ない男なのです。でも、全《まった》く出ないことはないでしょう。粘り強く見張ります」

「よろしく頼む」

クロロックのケータイが鳴って、

「――うむ。分かった」

「どうしたの？」

「この二人の見舞いに来た男がいる」

「それって……」

「用心が必要だな」

と、クロロックが言ったとき――。

爆発が起こって、病院が揺らいだ。

「ＴＶのニュースが……」

テレーズが促すと、クーシェはＴＶへと目をやった。ガラスが粉々に吹き飛んだ窓。

「——やったな」

と、クーシェが満足げに肯《うなず》いた。

可哀《かわい》そうだが、「時間を超えて」やって来たのは、自分一人でいい。クーシェの「過去」を知っている二人には生きていてもらっては何かと都合が悪いのだ。

「犯人は爆発で死亡したとみられます」

と、ニュースで言っていた。

「異例の自爆テロの背景について、捜査しています……」

クーシェは、今儲《もう》けの大半を占《し》めている麻薬について、自分なりの使い道を考え出した。

催眠術《さいみんじゅつ》と麻薬を組み合わせることで、邪魔な人間を殺させ、その場で自分も死ぬという暗示が効果を発揮すると知ったのだ。

対抗する組織や、金の流れに食い込んできている連中を次々に消す。——クーシェはこの新しい時代が、

「俺にぴったりだ」

と思った……。

「クーシェ」

という声に、振り向くと、

「馬鹿な！」

と、クーシェは口走った。

車椅子《くるまいす》のアンリと、その傍に立っているジャンヌ。

「どうして――」

「生きているのか、ふしぎかね」

と、クロロックが言った。

「知らせてくれた人がいるのだ。だから二人の病室を上のフロアに移した。殺しに行った男は、入院患者がいるかどうか、確認するだけの意識はなかったのだな」

「誰がそんな――」

「私よ」

と、八重子《やえこ》が顔を出した。

「八重子……」

「あなたのことは好きだったけど、殺人の共犯になるのはごめんだわ」

八重子の言葉を、クロロックは通訳して、

「刑事があんたを逮捕しに来ている。子分たちはもう連行された」

と言った。

テレーズが青ざめて、

「あの……私、何も知りませんよ！　ただこの人の世話をしていただけで……」

「テレーズ」

クーシェは彼女の裏切りを察したのだろう。立ち上がると、テレーズの喉《のど》にナイフを突きつけて、

「この女を殺すぞ！」

「やめてっ、助けて！」

テレーズが叫んだ。

次の瞬間、ナイフがテレーズの喉を切り裂いた。そしてクーシェは壁に向かって走ると、

隠し扉に姿を消した。

「逃げるわ！」

と、ジャンヌが言った。

「大丈夫だ。出口はあの刑事が固めている」

と、クロロックが言った。


だが、そのとき——爆発音が外で響いた。

「これはいかん！」

クロロックとエリカは部屋を飛び出した。


「大丈夫か！」

クロロックたちが駆けつけると、黒煙が立ちこめていた。

「クーシェが、手榴弾《しゆりゆうだん》を」

と、松永紀子が咳《せ》き込みながら言った。

「そこまで用意していたのか」

「パトカーを奪って逃げました」

と、紀子は言った。

「すぐ追跡します！　逃がしません」

「いや——おそらく行き先は分かっている」

と、クロロックは言った。


クロロックたちが乗ったヘリコプターがクーシェの乗ったパトカーに追いついたのは、あのコテージがすぐ先に見える辺りだった。

「どこへ行くんでしょう？」

と、紀子が言った。

「この世紀に現れた池だ」

と、クロロックは言った。

「じゃ、過去に戻るつもり？」

と、エリカは言った。

「そううまくいくかな。あの池に飛び込んだとしても、ただ溺《おぼ》れるだけかもしれない」

「でも、クーシェはあの後も生きのびてるでしょ」

「そうなのだ。やはりあの池が……」

パトカーはスピードを落とすことなく、林の中を乱暴に突っ切っていく。

「池に突っ込むつもりだわ」

と、ジャンヌが言った。

ジャンヌとアンリは、生まれて初めてのヘリコプターに青ざめていたが、それでも決死の思いで、ヘリの下を覗《のぞ》き込んだ。

「ああ！　パトカーが！」

と、ジャンヌが叫んだ。

クーシェの運転する車は、やはりあの池に向かって突進した。

「止められないの？」

と、エリカが訊く。

「とても無理だな」

さらにスピードが上がったようだった。

パトカーはスピードを落としそうになかった。

「池だ……」

と、エリカが言ったときには、パトカーは水しぶきを上げて池へ突っ込んでいた。

「ああ……」

と、ジャンヌは言った。

「戻れるのでしょうか、元の時代に」

「それはどうかな。たとえあそこに時のトンネルが口を開けていたとしても、他の時代に行ってしまう可能性もある」

「でも……もし戻れるものなら」

と、ジャンヌは下を覗き込んで、

「王妃様の身替わりに処刑されるはずだったのです」

「過去は過去よ」

と、エリカが言った。

「せっかく新しい命を得たんですもの。それに歴史は変えられない」

「ええ……。そうですね……」

ジャンヌはそう呟《つぶや》いたが——。突然、

「ごめんなさい！」

と叫ぶと、ヘリの扉を開けて、真下の池へと身を躍らせた。

「ジャンヌ！　待って！」

アンリが、不自由な足で立ち上がると、ジャンヌの後を追って飛び下りた。

「まあ……」

と、紀子が唖然《あぜん》として、

「そんなにあの時代に戻りたいのかしら」

「責任を果たさなかった、という思いが強かったのだろうな」

と、クロロックが言った。

「でも戻っても死ぬのに……」

「そうだ。──しかし、それがあの娘の決心なら……」

池の水は泡立《あわだ》って、パトカーをまるごと呑《の》み込んでいた。そこへ、ジャンヌとアンリが……。

しばらくして、池の表面が静かになる。

「やっぱり行っちゃったのかな」

と、エリカが言うと──。

水面にポカッとジャンヌの頭が出て来た。

「あ……」

そしてアンリも。──二人はアップアップして溺れそうだった。

「戻れなかったのね」

と、エリカは微笑《ほほえ》んで、

「今の命を大切にすればいいのだわ」

「そうだな。しかし、あの二人、助けないと」

「そうだね」

「待って下さい!」

紀子がヘリコプターからロープを垂らした。ジャンヌとアンリはそれにつかまり、池から引き上げられると、林の中に下ろされた。


「何度も助けていただいて……」

と、病院のベッドで、ジャンヌは言った。

「なに、あんたたちの人生はこれからだ。自由に生きればよい」

と、クロロックは言った。

「自由……。すてきな響きの言葉ですね」

と、ジャンヌは言って、

「私……看護師さんになりたいと思います。もちろん勉強しなくてはなりませんが」

「あなたなら、きっと大丈夫」

と、エリカが言って、

「アンリさんの方は?」

「骨折が治ったら、行ってみたい所があるそうです」

「どこへ?」

「TVで見たんです。〈バブル〉とかいう時代の〈ディスコ〉という所を。みんなが踊ってる姿に、憧れてるらしいです」

「ジャンヌさんの方が建設的ね」

と、エリカが笑って言った。

「まあ、時代の空気を体に入れることも重要だ。エリカ、二人をディスコに連れて行ってやれ」

「いいよ。費用はお父さん持ちね」

――クーシェは池に消えた。パトカーは引き上げられたが、誰も乗っていなかったのだ。

やはり、クーシェだけが「歴史」の中へと戻って行ったのだろうか……。

「クロロックさん、ありがとうございました」

と、松永紀子が礼を言った。

「いや、あんたも貴重な体験をしたな」

「そうなんですが……」

と、紀子は少し困ったように、

「報告書をどう書けばいいのか。——何かいい知恵はありませんか?」

吸血鬼に猫パンチ！

✠ 見せ場

少女は城壁の上に追いつめられていた。

吹きつける風が、少女の白いドレスを波うたせる。そして同時に迫りくる悪魔の黒いマントを翻《ひるがえ》らせるのだった。

「やめて……」

少女の震える声は風で吹き散らされてゆく。

「お願い……。来ないで……」

もう逃げ道はない。

勝ち誇って迫る吸血鬼の毒牙《どくが》から逃れようとすれば、この城壁から身を投げるしかない。

それは「死」を意味する。

死か、あるいは吸血鬼の恐ろしい牙に身を任せるか……。

「ああ、神様！」

と、少女は叫んだ。

「助けは来ないぞ」

と、吸血鬼はニヤリと笑った。

「もう観念しろ。――お前は俺のものだ！」

長い指が少女に向かって――。

そのときだった。

少女と吸血鬼の間に、何かが飛び込んで来た。黒い塊《かたまり》のようなそれは――黒々とした毛のつややかな黒猫だった！

フーッと唸《うな》り声を上げると、黒猫は吸血鬼に向かって身構えた。吸血鬼がハッとして動きを止める。

黒猫の緑色の眼が、じっと吸血鬼を見つめると、突然甲高《かんだか》い鳴き声を上げて、前肢《まえあし》の鋭い爪が吸血鬼の脚を引っかいた。

「やめろ！」

と叫ぶと、吸血鬼は、

「おのれ！　お前のことは諦めんぞ」

と言い捨てて、身を翻した。

少女は崩れるように座り込んで、

「ありがとう！　私を救ってくれて！」

と、目の前の黒猫に語りかけた。

「お前はどこから現れたの？」

しかし、黒猫は吸血鬼が去ると、もはや少女のことにも全《まった》く興味をなくした様子で、そのままタッタッタッと歩み去ってしまった。

「忘れないわ！」

と、少女は叫んだ。

「私は助けてくれた恩を、一生忘れずにいるわ！」

――エリカは、隣の席でウトウトしている父、フォン・クロロックを肘でつついた。

「うん？」

クロロックが目を開いて、

「もう終わったのか？」

「まだだけど——」

と、エリカは声をひそめて、

「居眠りしちゃ失礼でしょ。この後、スピーチ、頼まれてるのに」

「なに、半分眠っていたが、半分は起きとる。ちゃんと場面は分かっとったぞ」

と言うと、クロロックは大きな欠伸《あくび》をした。


新作映画「吸血鬼vs狼男」のプレミアに、クロロックと神代《かみしろ》エリカ親子は招待されていた。

客席は女の子が八割方で、「キャー」という悲鳴はほとんど起きず、にぎやかな笑い声がしばしば客席を満たしていた。

ホラー映画で、笑いばかりが起きるのでは困るような気が、エリカにはしたが、いざ映画が終わると、盛大な拍手が空間を埋めたのだった。

「面白い反応だね」

エリカと並んで座っている友人の大月千代子《おおつきちよこ》が言った。

「ねえ。ちっとも怖がってない」

「今どきの若い子は、何でも笑い飛ばしちゃうのが好きなのよ」

と、千代子が言うと、その隣の橋口《はしぐち》みどりが、

「そうじゃないわよ」

と、意見を述べた。

「みんなお腹が空《す》いて、早く食事したいから、終わって喜んでるのよ」

「みどりじゃあるまいし」

――プレミアの常で、主演したスターが挨拶《あいさつ》に出て来る。

若い恋人同士を演じた男女のスターが、大きな拍手をもらっている。

そして――吸血鬼役を演じたのは、舞台のベテラン役者で、普通のスーツで現れた。

最後に、クロロックが登場。

「本家、トランシルヴァニアご出身でいらっしゃる、フォン・クロロック様です！」

と、司会の男性が紹介した。

マントを翻して、クロロックが現れると、客席からは、

「似合ってる！」

と、女の子の声が飛んで、クロロックはそれに答えるように、マントをサッと広げて見せた。

拍手が起こる。――エリカは恥ずかしくなって、目を伏せてしまった。

「吸血鬼も狼男も熱演だった」

と、クロロックはマイクに向かって言った。

「しかし、考えてみれば、吸血鬼は可哀《かわい》そうな存在だな。苦手なものが多すぎる。そうではないか？」

と、客席を見渡すと、

「まず、昼間は棺《ひつぎ》の中で眠っていなければならない。あんな狭い所で、さぞ窮屈《きゅうくつ》だろう」

笑いが起こった。

「十字架に弱い。聖水をかけられると、やけどする。ニンニクが苦手だ。水をかけられるのもだめ。それだけではない。一度その家の主に招待されないと、忍び込むこともできない。普通の人間がそんなことになったら、人権侵害だな。加えて、この映画で初めて知ったことだが、どうやら吸血鬼は猫にも弱いとみえる。これは新説かもしれんな。いずれにしろ、この世は吸血鬼にとって住みにくくなっておる」

聞いていて、エリカはふき出しそうになってしまった。

客席の誰も——千代子とみどりを除けば——今、本物の吸血鬼が話しているのだとは思うまい。

クロロックの話は大いにうけて、プレミアは終わった。

「——私、父を待ってるから」

と、エリカは言った。

「じゃ、今日はありがとう」

と、千代子が言って、みどりを促した。

「え?」

と、みどりが不服そうに、

「晩ご飯は？」

と言った。

「映画見ただけでいいじゃない」

と、もめていると、

「――失礼します！」

と、スーツ姿の女性が小走りにやって来た。

「あ、宣伝の――」

と、エリカが言った。

「はい。〈M映画社〉の宣伝担当の西野加江《にしのかえ》といいます。今日はクロロック様においでいただいて……。お嬢様でいらっしゃいますね」

「エリカです」

「お隣のホテルで、ささやかですが打ち上げをいたします。軽食の用意もございますのでぜひ――」

軽食のひと言で、みどりの目の色が変わったのは言うまでもない。

そして、当然のことながら、エリカの「ご友人様」として、千代子、みどりも同行して、映画館から道一つのNホテルへと向かったのである。

「ささやか」なはずの打ち上げだったが、ホテルの宴会場を使って、立派なパーティだった。

立食形式ではあるが、料理も「軽食」とは言えない量で、みどりは、会場へ入るなり、張り切ってスカートを緩《ゆる》めた……。

「では出演者、並びに監督をご紹介しましょう！」

司会をしているのは、ＴＶのバラエティ番組で顔を見る女性アナウンサーだった。

食事に入る前に、各々《おのおの》飲み物のグラスを手にしていた。壇上《だんじょう》の面々を眺めて、

「知らん顔ばかりだな」

と、クロロックが呟《つぶや》いた。

エリカはちょっと父をつついて、

「失礼よ！　さっきステージで並んでたじゃない」

「チラッとしか見なかった。画面ではもう少し美しいがな」

「そりゃそうでしょ。一応今人気のトップスターよ」

「グレタ・ガルボには負ける」

と、クロロックが言った。

「主演のお二人です！　アンジュさん！」

拍手が起こり、前へ進み出たのは、端整な顔立ちの男性。クロロックは、

「フランス人か？」

と、エリカに訊いた。

「アンジュっていう芸名なの。最近は〈山田太郎《やまだたろう》〉とかいう名前は少ないのよ」

「そして、ヒロイン、浜辺《はまべ》リサちゃん！」

城壁で吸血鬼に追い詰められていた白いドレスの美少女は、やや役柄に近いイメージのワンピースで立っていた。

「確か、まだ十九だよ」

と、エリカが言った。

クロロックはちょっと眉《まゆ》を寄せて、浜辺リサを見ていた。

「――どうかしたの？　あんまりジロジロ見てるとお母さんにばれるよ」

「いや……。スカーフで隠れているが、首筋に傷があるようにみえる」

「まさか、吸血鬼はかみついてないよ」

「分かっとる」

そして、吸血鬼役の役者が紹介された。

中年の渋い紳士で、もちろん今は地味なスーツ姿だった。

「吸血鬼役、坂口栄二《さかぐちえいじ》さんです！」

舞台で長いキャリアのある役者は、黙って一礼しただけだった。

「そして、もう一人……。あら、いらっしゃいませんね」

と、司会の女性が言った。

「狼男役の……。狼男はどこに行ったんでしょう？」

わざとらしい口調は当然のごとく、仕掛けられたハプニングを――。

「グオーッ」

と、唸《うな》り声を上げて、映画のメイクのままの狼男が会場へ飛び込んで来た。

笑いと拍手が会場を包んだ。

クロロックは苦笑して、

「あれは映画のオリジナルだな。人間の顔をした狼の方がずっと怖い」

「でも、あのメイクは凄《すご》いね」

顔全体が毛で覆《おお》われて、カッと見開いた両眼は真っ赤だった。

そして何よりその身の軽さで、みんなをびっくりさせた。テーブルの上へ飛び上がると、他のテーブルを次々に飛び回る。

「確か、オリンピックの体操選手だよ」

と、エリカは言った。

「凄いですね！　狼男役の森克也《もりかつや》さんです！」

と、司会者が言うと、狼男は壇上へと飛び上がり、さらに拍手が盛り上がった。

「――食事、まだ？」

と、みどりが呟《つぶや》いた。

✱ 傷

「大変だね」

と、エリカは言った。

「スターは食べることもできない」

打ち上げのパーティは、やっとみどり待望の食事タイムに入っていた。

エリカとクロロックも少しは皿に取って食べたが、みどりに負けない勢いで食べまくっている人たちがいて、つい遠慮《えんりよ》してしまう。

「――召し上がっておいでですか？」

宣伝の西野加江《にしのかえ》が気にしてエリカたちの方へやって来た。

「ご心配なく」

と、クロロックは微笑《ほほえ》んで、

「料理がむだになることはなさそうだ」

「映画のスタッフの若い人たちは、こんなホテルの料理なんか、食べたことがないんで……」

「なるほど」

「アンジュさんたちも、食べていられません。取材と写真がパーティの目的ですから」

スターの一人一人を、取材陣が取り囲んでインタビューや写真撮影が入れ替わり立ち替わり。

「ところで――」

と、クロロックが言った。

「あの映画に出て来た黒猫は本物かな?」

「そうですね……。その件は秘密になっているんですけど、たぶんＣＧじゃないでしょうか。猫は思い通りに動いてくれませんから」

「なるほど。しかし、とてもリアルな猫だったな」

そのとき、取材陣に囲まれた少女――浜辺《はまべ》リサの所で、騒ぎが起きた。

「どうしたのかしら。失礼します」

と、西野加江が人をかき分けて行った。

「リサさん！　しっかりして」

エリカがついて行って覗《のぞ》くと、ヒロインの浜辺リサが、加江の腕の中で、ぐったりしている。

「貧血でしょう。控室へ――」

「任せなさい」

クロロックがフワリとリサの体を抱き上げると、人々の間をすり抜けて行く。

何かある。――エリカは、その父の様子がただごとでないのに気付いていた。

控室には誰もいなかった。

「バスルームもあるのだな」

「ここは楽屋としても使うので」

と、加江が言って、

「あの——救急車を呼びましょうか」

「それでは間に合わん」

「は？」

「いいか。ここは私を信じて任せてくれ」

と、クロロックは言って、

「エリカ、お前も一緒にバスルームへ入れ」

「うん。——西野さん、父を信じて。父には特別な力があるの。大丈夫だから」

「はあ……」

そう言われても、わけの分からない加江は呆然《ぼうぜん》としているばかり。

エリカはバスルームに入ってドアを閉めた。

「どうなってるの？」

「首の傷だ」

「傷が何か——」

「ワンピースを脱がせ、胸の辺りまで肌を出すのだ」

「分かった」

クロロックの表情は緊迫していた。

エリカはリサのワンピースを脱がせると、上半身を裸にした。

クロロックは、スカーフを外して、首の傷を見ると、

「間に合えばいいが」

と言うなり、リサの首の傷に口を押し付けた。

エリカもびっくりした。

クロロックはリサの血を吸い出しているのだ。口に含むと、傍《そば》のシャワールームの床へと吐き出した。

たちまち血が広がる。

何度かくり返すと――リサが深く呼吸した。

「よし！　――悪いものはほぼ吸い出した」

と、クロロックは息をついた。

「お父さん。口の周りが血だらけ」

「うむ。このままでは本物の吸血鬼と思われてしまうな」

「本物でしょ」

ややこしい話はともかく、エリカがリサにワンピースを着せている間に、クロロックはシャワールームの床の血を洗い流し、洗面所で口の周りの血を落とした。

「やれやれ。——女の子の血を吸ったのは久しぶりだ」

「何か毒が？」

「傷口から錠剤《じょうざい》のようなものが押し込まれていたのだ。それが少しずつ血に溶けて、体に回ろうとしていた」

リサが目を開けて、

「私……どうしたの？」

と、呆然としている。

「気分はどう？」

と、エリカはリサを支えて立たせた。

「ええ……。少しめまいがするけど……。ひどく苦しかったの。体がこわばるようで……。

でも、それはもう何ともない」

「良かった！　西野さんが心配してるわ」

バスルームを出ると、加江が床に膝をついて、祈っているところだった。

「神様、仏様、リサちゃんをお救い下さい……」

「もう大丈夫よ」

と、リサが笑顔になって、

「打ち上げの会場へ戻りましょう！」

「少し貧血気味だから、何か食べた方がいいと思うぞ」

と、クロロックがリサの肩をやさしく叩いた……。


「どういうつもりなの！」

涼子《りょうこ》の声が鋭く夫・クロロックに突き刺さった。

「何もしとらんぞ。どうしてそんなに怒っとるんだ？」

と、クロロックも面食らっている。

「あの子の証言があるわよ！」

涼子がＴＶで再生したのは、〈吸血鬼vs狼男〉プレミアのワイドショー報道。

インタビューのマイクを向けられた浜辺リサが（立ち直った後のことだ）、共演者について の印象を訊かれて、その答えの最後に、

「あと、共演者ではありませんが、ステージで一緒に挨拶して下さった、フォン・クロロックさんが、本当にやさしい、すてきな方でした。それをぜひ申し上げたいと……」

そのワイドショーをわざわざ録画した涼子のことにも、エリカはびっくりしたが、

「この子が、どうしてあなたのことを、こんなに――」

と、涼子がかみつきそうな様子なので、

「お母さん、心配しないで」

と、エリカは言った。

「リサちゃんが貧血を起こしたとき、お父さんが元気づけてあげたの。それだけよ」

涼子は、それでもブツブツ言っていたが、

「いいわ。その代わり、今度の日曜日は、私たち夫婦だけのために空《あ》けておくのよ」

と、命令した。

やれやれ。——夫婦だけの時間、ということは、虎《とら》ちゃんの面倒をエリカが見なくてはならないのだ。つい、ため息も出る。

「——いや、助け舟をありがとう」

と、クロロックはエリカと二人になったときに言った。

「でも、お父さん。あれですんだわけじゃないよね」

「あの浜辺リサに傷を負わせ、毒物を仕込んだ犯人のことか」

「もちろん。あれがうまくいかなかったら、また他の手を考えるかも」

「その心配はある」

と、クロロックは肯《うなず》いて、

「しかし、私は何しろ〈妻〉という絶対的な支配者の下にいるのでな」

「情けないこと言わないでよ」

と、エリカは苦笑して、

「あの映画の舞台挨拶がもう一度あるんでしょ？」

「ああ。公開初日だ。しかし、どうしても出なければいかんというわけでは……」

「お母さんにリサちゃんを紹介してあげればいいよ。親しくなれば、お母さんだって、変に気を回したりしないから」

「それはそうだな。しかし……」

「虎ちゃんは私が見てるから大丈夫」

エリカとしては大サービスだった。

エリカは、自分の部屋へ入ると、あの映画の宣伝担当、西野加江に電話した。

そして、「家庭の事情」について、ごく簡単に説明してから、

「そういうわけで、今度の公開初日ですが、うちの父だけでなく、〈ご夫妻〉としてご招待いただけるとありがたいんです」

「ええ、そんなこと、お安いご用ですわ」

と、加江は快《こころよ》く言って、

「今夜にでも招待状をお届けします」

「どうかよろしく」

礼を言って、エリカはホッと息をついた。

「本当に世話が焼けるよ……」

つい、グチが出てしまうエリカだった。

「でも……これじゃすまないよね」

浜辺リサに傷を負わせたのが誰なのか、調べる必要がある。

リサ当人に訊いても、本当のことは言わないかもしれない。

何といっても、あの首筋の傷は、誰かが首にキスしてつけたとしか思われない。リサにそういう恋人がいるのかどうか。

加江にこっそり訊いてみるのがいいかもしれない。

「あの共演者の中の誰か?」

可能性はあるだろう。何といっても、年齢に幅はあってもスターたちだ。

一番可能性があるのは、やはりアンジュだろう。若いし、美形で、女の子がひと目惚《めぼ》れしてもおかしくない。

吸血鬼役の坂口栄二《さかぐちえいじ》? 中年だが、若い子にも人気がある。ハンサムなアンジュより、坂口の方がいいという女の子は珍しくない。

狼男？　──エリカは、あのメイクの下の顔をよく知らないのだが、いつもメイクだけで何時間もかかると聞いていた。

森克也《もりかつや》は、五十才前後だろう。もともと役者ではないのだから、リサを誘惑しようとするのは無理があるという気がする。

もちろん、他にも──監督やプロデューサーなど、あの映画に係わった男性は大勢いるわけで、リサがひかれた男が誰であってもおかしくない……。

「でも……待ってよ」

男だけとも限らない。リサが女性に恋してるってことも、ないわけではないかも……。

ああ！　考えてるときりがない！

エリカは、いくら考えても事実が分かるわけではなく、くたびれてベッドに寝転がってしまった……。

✠ 満月の夜

「嘘みたい！」

庭へ出ると、しのぶは思わず言った。

「これって本当の夜景？」

と、分かり切ったことを訊いたのは、満月の月明かりがあまりにまぶしくて、昼間のように見えていたからだった。

「凄《すご》く明るいね」

と、あまり感動している様子でなく言ったのは、しのぶのデート相手のヤスオだ。

もともと、ヤスオはロマンチックな感覚に欠けるところがある。まあ、人はいいので、しのぶとしては不満なところには目をつぶっているのだが……。

「月が作り物みたいだわ」

見上げる夜空に満月がみごとに輝いていた。

確かに、こんなにくっきり見えると、あれが球体だと思えない。丸く輝く板みたいだ。

「――すてきな庭ね」

と、しのぶは言った。

本当なら、夜間は入れない有名な庭園なのだが、しのぶの知り合いのお父さんがここの管理人をしていて、特別に入れてくれたのである。

散歩道は白い砂利《じゃり》が敷きつめられていて、今はそこも月明かりの下、道が白く光っているようだ。

「凄いね」

と、ヤスオが言った。

「手入れするのに、お金がかかるだろうな」

「――そうね」

しのぶは、ちょっと引きつったような笑みを浮かべた。

この人、美しいものに感動する心を持ってないのかしら？

二人が広い庭園のほぼ真ん中辺りに来たときだった。

「ここ、入るのにいくら取るの？」

と、ヤスオが言い出して、しのぶがため息をつく。

そのとき——何かの影が、月明かりを遮《さえぎ》って飛んだ。

「——今の何？」

と、しのぶが言った。

「え……。何だろ。——鳥じゃねえの」

「もっと大きいものだったわよ」

しのぶは周囲を見回した。しかし、庭園の中にいるのは二人だけだ。

「何だか怖いわ」

と、しのぶは言って、

「もう戻りましょ」

と、ヤスオを促した。

しかし、ヤスオは、

「せっかく入れてくれたんだぜ。ね、写真、撮ろうよ。入ったって証拠に、さ」

「そう……。じゃ、急いで撮りましょ。それで出れば――」

「ＯＫ。じゃ、自撮りにして……。もっと寄ってよ。それじゃ入らない。――うん、それじゃ撮るよ」

シャッター音がした。そのとき、何かが二人の背後を駆け抜けた。

「キャッ！」

と、しのぶは声を上げた。

「見た？　今、すぐ後ろを何かが――」

「感じたけどね。でも見えなかったよ。野良犬か何かじゃないの？」

ヤスオはのんびりしている。

「行きましょう、早く！」

しのぶが庭園の出入口へと小走りに向かった。

「おい、待てよ！　そんなに急がなくたって――」

と、ヤスオが追いかける。

しのぶは、庭園に出入りする柵《さく》のある所までやって来ると、息を弾ませて、

「行くわよ、ヤスオ」

と振り返った。

しかし――ヤスオの姿はなかった。

「ヤスオ？　どこ？　――わざと隠れてるのなら、許さないからね！」

と、大声で言ったが、ヤスオはいない。

「冗談やめてよ……。ヤスオ、お願い、出て来てよ」

しのぶの声は震えていた。

すると、何かが空中を飛んで来て、しのぶの近くに落ちた。――スマホだ。ヤスオのだろう。

「え……。どうして……」

しのぶは歩み寄って、身をかがめると、そのスマホを拾い上げた。しかし、

「え？　何、これ？」

手にべっとりとまとわりつく感触があった。

思わず、拾ったスマホを投げ出した。

スマホをつかんでいた右手が、真っ赤だった。——血だ。

数秒置いて、しのぶは悲鳴を上げた。

長い、長い、サイレンのような悲鳴が、満月の夜空に響き渡った……。


「〈満月の夜の惨劇《さんげき》〉だって」

エリカが、朝刊を開いて言った。

「うむ……」

ゆっくり寝ていて、昼近くにやっと起き出してきたクロロックは、自分で焼いたトーストを食べながら、

「確かに、ゆうべの月は普通ではなかったな」

「そんな……。月が人を狂わせるなんてことがあるの？」

「もともと、狂うべき素質を持っている者にとっては、月がきっかけになることもあろ

う」

「でも……男の子の首が引きちぎられてたんだってよ」

と、エリカは首を振って、

「凄い力だよね」

「それこそ狼男の出現か」

「記事にもそう出てる。——映画の宣伝か、なんてひどいこと、書いてあるよ」

「若い男の子なのだろう？」

「まだ二十才《はたち》だって。一緒にいた女の子は、しばらく悲鳴を上げ続けてたらしいよ」

「女の子はやられなかったのか。良かったな。何かを見たのか？」

「チラッと影を目にしただけらしい。警察は付近を捜索しているって。——まさか空を飛んでったんじゃないよね」

「吸血鬼じゃあるまいし」

とクロロックは真顔で言って、コーヒーを飲んだ。

そこへ、

「あなた！」

と、涼子《りょうこ》が甲高《かんだか》い声を上げて、やって来た。

「何だ？　何かあったのか？」

クロロックは、若い奥さんに叱《しか》られるのが一番怖い。思わず腰を浮かしたが――。

「これ、どう？　似合うかしら？」

涼子がサッと真っ赤なドレスを取り出して、体に当てて見せた。クロロックは面食らって、

「ああ……。もちろん似合っとるが……。どこへ着て行くんだ？」

「いやね！　何言ってるの？　映画の公開初日に招待されてるじゃないの」

「ああ、そうか」

初日は明日だ。しかし、涼子は別に舞台挨拶《あいさつ》するわけではない。

だが、そこはクロロックも愛妻の扱いには慣れている。

「明日舞台に出るスターたちは可哀《かわい》そうだな。どう見ても、お前の方が目立っている」

「そうかしら？　あんまり目立っちゃ申し訳ない？」

「構うものか！　美しさばかりは変えられない」

涼子がクロロックに抱きついてキスする。

「ウワー」

と、虎《とら》ちゃんが声を上げて、スプーンでテーブルを叩いた。

やれやれ……。

エリカはキスする二人から目をそらした。

心配になっていることがある。

あの浜辺《はまべ》リサの、首の傷のことだ。

しかし、人気者のリサは多忙で、エリカもゆっくり話す機会がない。

「明日は、千代子《ちよこ》とみどりが虎ちゃんを見ててくれるって」

と、エリカは言った。

「あら、そうなの？」

涼子がちょっとつまらなそうに、

「じゃ、エリカさんも一緒に来たらいいわ」

「ボディガードにね」

邪魔はしないよ、というつもりで言うと、

「それじゃ、エリカさんは普段着でいいわね。何ならパジャマにする？」

と、涼子が真顔で言った……。

✠ 緑の眼

「これはどうも」

と、クロロックと握手したのは、〈吸血鬼vs狼男〉の監督、迫田順治《さこたじゅんじ》だった。

四十代の働き盛り。TVドラマの仕事も多く、映画でもテンポの速さと音楽の使い方はTV的と言われる。

それでも、中世ヨーロッパ風の雰囲気《ふんいき》がうまく表現されているのは、映画の世界に長いカメラマンや照明の力が大きかったようだ。

舞台挨拶に出るメンバーは、映画館の事務室で控えている。

「クロロックさん！」

と、浜辺《はまべ》リサが駆け寄って、

「私、怖いわ！　あんな恐ろしい事件があって……」

と、すがりつく。

「まあ、落ちつきなさい」

この場に涼子《りようこ》はいないが、それでもクロロックはリサをなだめて、

「我々はちゃんと守られている」

「ええ……。でも、クロロックさんもそばにいてね」

エリカは、父についてここまで入って来ていた。もちろんパジャマではなく、パンツスーツを着ていた。

「どうも、お初にお目にかかります」

と、中年の紳士がクロロックと握手した。

「どちら様かな？」

と、クロロックは微笑《ほほえ》んで、

「たぶん、『お初に』お目にかかるわけではないと思うが？」

「いや、さすがだ」

と、その紳士は笑って、

「狼男の森《もり》です」

「体のバネはすばらしいですな」

「恐れ入ります。しかし、とうていクロロックさんには及びません」

と、森は言って、リサに、

「リサちゃん、クロロックさんは本物の吸血鬼並みの超能力をお持ちなんだよ」

「へえ！　でも、私、クロロックさんになら血を吸われてもいいわ」

「めったなことを言うものではない」

と、クロロックがたしなめて、

「世間にはヤブ蚊が飛び回っておるからな」

エリカは聞いていていてふき出しそうになった。――父からは、

「リサと仲良くなって、首の傷のことを訊いてみろ」

と言われている。

「そろそろ舞台挨拶の時間です」

と、西野加江《にしのかえ》が声をかけた。

そこへ――。

「ニャー……」

と、猫の鳴き声が聞こえて来た。

「まあ、あの猫が」

と、リサが言った。

映画に登場した黒猫だった。

「本物だったのだな」

と、クロロックが呟《つぶや》くように言った。

「遅くなりまして」

黒猫を抱いているのは、やはり黒のスーツに身を包んだ女性だった。

「おとなしいんですね」

と、エリカが言った。

「ええ。とてもよく人の言うことを聞きわけます。――私は佐田秀代《さだひでよ》と申します。この子は文字通りで〈ブラック〉」

　黒猫はじっとクロロックを見つめていた。

　スタッフが、

「では、その猫ちゃんにもステージに出ていただきましょう！」

と、声を上げた。

「一番最後に出ていただけますか」

「この子だけでは……」

と、佐田秀代が言うと、

「よろしければ、私が抱いて行こう」

と、クロロックが言った。

「ブラック君にご不満がなければな」

「それでは、よろしくお願いいたします」

と、佐田秀代がブラックをクロロックに渡した。

　つややかに濡れたように光っている黒猫は、クロロックの腕の中に、静かに納まっていた。

「——まあ、珍しい」

と、佐田秀代が言った。

「めったに人になつかない猫なんですよ」

エリカは、あの黒猫に、どこか普通の猫と違うものを感じていた。エリカが感じるのだから、クロロックはおそらくもっと強く感じているだろう……。

初日の舞台挨拶《あいさつ》は、何ごともなく終わった。

今日はさすがに食事は出ない。——みどりが来ていなくて良かった、とエリカは思った。

「そちらへお返ししよう」

クロロックがブラックを秀代へ渡すと、

「クロロックさん、実は——」

と、秀代が小声で言った。

「ご相談したいことが。——もしよろしければ、この後、少しお時間をいただけないでし

ようか」

「私も、お話ししてみたかった」

と、クロロックは快《こころよ》く肯《うなず》いて、

「ただ、社長業をしておりますのでな。夕方仕事が終わってからでよろしいかな？」

「もちろんです！」

秀代はホッとした様子だった。


「よくおいで下さいました」

迎えてくれた佐田秀代は、穏やかに言って、

「どうぞお入り下さい」

——ちょっと圧倒されるような邸宅だった。

少し郊外にあるとはいえ、高い塀《へい》に囲まれた屋敷は、かなりの広さである。

「娘も一緒に伺《うかが》いました」

と、クロロックが言った。

「こいつも、場合によっては役に立つことがありますのでな」

「もちろん、いらしていただいて嬉しいですわ」

と、秀代は微笑《ほほえ》んで、

「簡単なお食事を用意させていただきました。よろしければどうぞ」

広いダイニングで、エリカたちは秀代と食事をとった。食事は、量こそ多くないものの、とても「簡単」ではない、立派な味だった。

「ヨーロッパでの暮らしが長かったのでしょうな」

と、クロロックは言った。

「ええ。クロロックさんほどではありませんが」

と、秀代は言った。

「主人がルーマニアの人でしたので。もう大分前に亡くなりましたが」

「そうですか。それで、どこか親近感を覚えるのですな」

「どうぞ、コーヒーを居間で」

食後のコーヒーを、クラシックな家具の揃った居間でもらうと、

「──ブラック君のことで、何か」

と、クロロックが切り出した。

「ええ。あの猫はとてもふしぎで、主人が亡くなって数日後に、どこからともなくやって来たのです。当時はまだドイツに住んでいたのですが……」

ブラックが、いつの間にかそこにいた。

「まるで、私のことをずっと前から知っていたかのようで、呼びもしないのに、私の膝の上にやって来て、心から安心している様子で寛《くつろ》ぐのです」

と、秀代は続けて、

「もちろん、主人がブラックに生まれ変わったとは思いませんが、何かふしぎなつながりを覚えて……。日本へ帰って来たときも連れて来たのです」

「お気持ちはよく分かります」

と、クロロックは肯いて、

「しかし、今は何か不安を感じておられる。そうですな？」

「ええ、それが……」

秀代は手を伸ばして、ブラックの黒い毛並みを撫《な》でると、

「この子の眼の色にお気付きでしょう」

と言った。

「鮮やかな緑色ですな。暗がりで光に当たると緑色に光ることはあるが、これほどはっきりした緑色の眼は珍しい」

「そうなのです。でも、この子の眼が緑になったのは、ごく最近のことで」

「ほう」

「たまたま、この子をご覧になった動物プロダクションの方が、今度の映画の黒猫役にぜひと言ってこられて。――監督の迫田さんもひと目見て、すっかり気に入られて……。この一本だけということで承知したのです」

「そのことが――」

「ええ。映画のスタッフ、キャストの方たちとの顔合わせのとき、この子の眼が緑色に。ヒロイン役の浜辺リサちゃんが、『きれいな緑色の眼！』と、声を上げるのを聞いて、初めて気付きました」

「つまり――ブラック君の眼が緑になったのは、何かを感じたから。あえて言えば、危険を察知したからではないか。そうご心配なのですな」

　クロロックの言葉に秀代は肯いた。

「そうなんです。もちろん、私の直感でしかないのですが」

「人の直感は時として、どんな警告より確かです」

と、クロロックは言った。

「ありがとうございます。実は――あの庭園で起きた殺人事件ですが、あの夜、ブラックは姿が見えなかったのです」

　秀代は不安げに、

「もちろん、まさか……。ブラックに、あんなことができるとは思いませんが」

「その心配はあるまい。あんな事件を起こしていれば、血の匂《にお》いをまとっているはずですからな」

「そうおっしゃっていただくと、安堵《あんど》します」

「それよりも、むしろ、ブラック君は誰かの身を案じていたのではないかな」

そのとき、エリカのケータイが鳴った。

「――もしもし。リサちゃん？」

エリカは向こうの話に耳を傾けていたが、

「――分かった。私もすぐそっちに向かうよ」

「浜辺リサさんからですか？」

と、秀代が訊いた。

「ええ。お父さん――」

「分かった。では一緒に出よう」

と、クロロックは立ち上がった。

ブラックの眼が緑色に怪しく光った……。

✠ エキストラ

リサはタクシーを降りると、周囲を見回した。

月明かりはあるが、雲も出ていて、月は顔を出したり、引っ込んだりしている。

「——こんなことって……」

と、リサは呟《つぶや》いた。

待ち合わせた場所は、静かな公園だった。

人がいないわけではない。——散歩するカップルが、そこここに目についた。

どうして、こんな……。

リサは公園の中を歩いて行った。そっと左右を見回していたが、捜している相手の姿はなかった。

その内、すれ違ったカップルが、

「今の、浜辺《はまべ》リサじゃないか？」

「ねえ、たぶんそうよ」

と、小声で話しているのが耳に入って来る。

何といっても、リサはＴＶなどで顔を知られている。いずれ気付かれるのは当然だった。

しかも、ここに――。

「やあ、待った？」

ポンと肩を叩かれ、びっくりして振り向くと、〈吸血鬼vs狼男〉で共演したアンジュが立っている。

「あ……。どうも」

と、リサは何とか笑顔を見せたが、

「ここで良かったのかな、って心配になって……」

「いいんだよ、もちろん」

「そうですか。でも……」

アンジュはリサ以上に目立つ。——周囲で、女の子たちが、

「アンジュだわ！」

「え？　本当だ！」

と、騒いでいるのが聞こえて来た。

「あの——何かお話があるのなら、どこかよそへ行った方が……」

リサは気が気でない。もう何人かの女の子は、スマホでリサたちを撮っている。

これがばれたら。——リサはアンジュの事務所の人から文句を言われるに違いないと思った。

「人の目なんか気にすることないさ」

と、アンジュは、写真を撮られても全《まつた》く気にしていない様子で、

「僕らもカップルなんだ。遠慮《えんりよ》はいらないよ」

と言うと、いきなりリサにキスした。

「みんなが見てます！」

リサはあわてて押し戻したが、アンジュは笑って、

「そりゃそうさ。僕らはスターだからね。映画の中でもキスしたじゃないか」

「あれはお芝居でしょ。こんな所で……」

リサは、アンジュが何を考えているのか分からなかった。

呼び出されて、ここへやって来たのも、アンジュは女の子に関心がないと聞かされていたからだ。

「やめて下さい。好きでもないのに、どうして？」

と、小声で言うと、

「命令なんだ」

と、アンジュが言った。

「命令？　何のことですか？」

「君を『連れて来い』という命令でね」

「どこへ？　誰の命令なんですか？」

「支配者だ。〈闇の支配者〉だよ」

「わけの分からないこと言って！」

ムッとしたリサは、人目も構わず、
「放っといて！」
と、大声で言って、アンジュを突き離した。
周囲がざわついた。それはそうだろう。
スターがスターを拒否したのだ。そして、リサは公園の中を駆け出した。
みんながスマホで撮っていることは百も承知だ。
一体どうしちゃったの？　これって、まともじゃない！
リサは急いでケータイで、神代《かみしろ》エリカへかけたのである。
エリカがやって来てくれる！
それだけでも安心だったが……。
アンジュは追って来ないようで、リサは少しホッとした。
だが、そのときだった。明るく光っていた月を、突然、真っ黒な雲が覆《おお》ったのだ。
それは単に月が雲で隠れたというのではなかった。
辺りを一寸先も見えないほどの暗闇が包んでしまった。

そして、周囲に大勢いたはずの若者たちの声も、一切聞こえなくなっていた。

これって――普通じゃないわ。

リサは恐ろしさに凍りついた。そして実際に、凍えるような冷気が体を包み始めた。

「誰か！　誰かいないの？」

と、リサは叫んだが、その声は奇妙に反響した。

そして何かが近付いて来た。

闇の中で、姿は見えないが、地面をこするような足音と、荒い息づかいは聞こえた。

「――誰なの？　アンジュさん？　ふざけてるの？」

すると、闇の中から、

「お前を連れに来たのだ」

という声がした。

それは誰の声でもない、人間とは思えない声だった。

リサは息を呑《の》んで、

「あなたね！　私の首を突然かんだのは」

「お前はあれで死ぬはずだった」

と、その声は言った。

「邪魔が入ったせいで、お前はまだ生きているが、今度こそは、この手でお前の命を奪ってやる」

「いやよ！　どうして私が死ななきゃならないの？」

「お前は〈死〉の花嫁になるのだ」

「何ですって？」

「さあ、私と一緒に——」

と、その声が迫って来た。

そのとき、鋭い猫の鳴き声がして、

「フーッ！」

と怒りの声を上げ、黒猫がリサの前に飛び込んで来た。闇の中でも、その姿は青白い光を放っていた。

「ブラック！　助けに来てくれたのね！」

と、リサが声を上げる。

しかし、闇の主は低い声で笑って、

「これは映画の中ではないぞ。たかが猫一匹ぐらい、ひねり殺してやる！」

闇の中に、ぼんやりと白く、人の顔らしいものが浮かび上がって来る。リサは後ずさった。

「覚悟しろ！」

と、その顔が迫って来る。

すると——ブラックが驚くばかりの勢いで、飛び上がった。そして、その「顔」の高さまで飛ぶと、鋭い爪を出した前肢《まえあし》で猫パンチを決めたのである。

「ウッ！」

その顔が歪んで、赤い血の筋が刻まれていた。

「やったね！」

と、リサが喜んで、

「ブラック、みごとな猫パンチだったよ！」

「おのれ！」

怒りに顔が真っ赤になる。

「死ね！」

と、白い手がリサの方へと伸びて来る。

そのとき、

「それまでだ！」

と、クロロックの力強い声が辺り一杯に響きわたったのだ。

「間に合った！」

辺りが一瞬で明るくなる。

「わあ！　月が輝いてる！」

と、リサは声を上げた。

クロロックが、リサのそばへ来て、

「今のは、一種の催眠術《さいみんじゅつ》だ。——それを操っていた男がいる」

「ブラックが、猫パンチを決めました」

「うむ。奴の顔には、ブラックの爪跡が残っているだろう」

「ブラック、偉い！」

と、エリカが、つややかな黒い毛を撫《な》でて言った。

「フニャ」

ブラックは、いささか拍子抜けしそうな声を出した。

「私がヨーロッパの古い街を歩いているシーンでした」

と、リサは言った。

「もちろん、ロケでなく、オープンセットでしたが、とてもよくできていて、石畳《いしだたみ》の道をちょっとロマンチックな気持ちで歩いていたんです。色々な国の人たちが集められて、観光客の役をつとめていました。そのとき――急に首筋に痛みが……」

「誰かにかまれたのかね？」

と、クロロックが訊いた。

「もしかしたら……。でも、そのときは蜂《はち》にでも刺されたのかと思ってました。まさか、人にかまれるなんて……」

「そう思っても無理はないな。しかし、そのとき、あんたは危うく命を落とすところだった」

「ええ、後で聞いてびっくりしました」

リサは身震いした。

「でも、クロロックさん、一体誰がリサちゃんを襲おうとしたんですか？」

と、宣伝部の西野加江《にしのかえ》が言った。

「アンジュさんも怖かったわ」

――クロロックたちは、映画館での舞台挨拶《あいさつ》を終えて、近くの喫茶店《きっさてん》に入っていた。

「彼も、催眠術にかかっていたのだ」

と、クロロックはコーヒーを飲みながら、

「まあ、少しボーッとしていて、かかりやすいタイプだと思うが」

「お父さん！　アンジュのファンに殺されるよ」

と、エリカが言った。

「でも、今日舞台挨拶に立った人たちの中に、ブラックの爪でけがをした人はいませんでしたね」

と、リサはホッとした様子で、

「良かったわ。あの映画の関係者じゃないってことですものね」

「そう思うか」

「え？　だって……」

「舞台に並んだ面々の中で、一人だけ、濃いメイクをしていた人間がいる」

「それって……。狼男？」

と、リサは目を見開いて、

「まさか、森克也《もりかつや》さんが？」

「その可能性が高いと思っておった」

「お父さん――」

「しかし、彼からは、血の匂《にお》いがしなかった。猫の爪の傷は、かなり深いものだ。一日二日で、傷は治らん」

「それじゃ、一体……」

「映画はスターだけでできているわけではない」

と、クロロックは言った。

「主役、脇役の他に、その他大勢の、通行人や商店街の客たちもいる」

「エキストラってこと?」

「そのエキストラに混ざっていても、他に大事な仕事をしている者がいる。危険な撮影を、スターの代わりにこなす人たちだ」

「スタントマン……」

「そうだ。狼男は、スポーツ選手だった森が演じているので、かなりの部分、本人がやっているだろう。しかし、訊いてみると、やはり、万一事故で大けがでもされると、映画の撮影そのものがストップしてしまう。出資者からは、そんな危険をおかすわけにいかないと言われていたそうだ」

「つまり……森さんにスタントマンが付いていたの?」

「そうなのだ」

と、クロロックは言ってから、後ろの席に向かって、

「そうだろう？」

と、声をかけた。

その席の男が振り返った。

「森さん！」

と、リサはびっくりして、

「もうメイクを落としたの？」

「撮影のときとは違うから、舞台挨拶では、メイクはせずに、ゴムマスクをかぶってるだけだった」

と、森は言った。

「クロロックさん、おっしゃる通りです。僕のスタントをやってくれたのは、同じスポーツクラブの後輩でした」

「あんたは察していたのではないかな？　あの公園での殺人についても」

森は肯《うなず》いて、

「彼は一時期、体操から離れて、魔術とか、そんな世界にはまっていたことがあるのです。そして、戻ったときには、人間業《にんげんわざ》とは思えない動きを見せるように。――でも、それには禁止薬物が係わっていたのです」

「おそらくそうだろうと思っておった。クスリの力で、超人的な能力が発揮できる。しかし、そのクスリは当人の体を蝕《むしば》んでいるはずだ。そして精神もな」

「私も、警察に話すつもりでした。あんな事件をまた起こしたら大変だ」

と、森が言ったとき、突然頭上から、

「手遅れだ！」

という声がした。

天井を見上げたリサが悲鳴を上げた。

天井にピタリと取り付いているのは、狼男だった。

次の瞬間、狼男は真下にいた森の上に落下した。

「よせ！」

と、森が叫んだ。

狼男の鋭い爪が森の首に食い込む。血がふき出した。

クロロックが狼男の上にマントを広げた。

マントの下から、不気味な呻《うめ》き声が聞こえて——森が床に倒れた。

「エリカ！　救急車だ！」

と、クロロックが言った。

「分かった！」

クロロックがマントを外すと——。メイクが消えた若い男が、息絶えて伏せていた。

その頰《ほお》には、ブラックの爪跡が残っていた……。


「心臓がもたなかったのだな」

と、クロロックは言った。

「お父さんがやったんじゃないの？」

と、エリカは訊いた。

「ま、多少力を貸したが。——あの男も、自分を支配している異常な闇の力から逃げたかったのだ」

表に出て、救急車が森を運んで行くのを見送っていると、

「ニャー」

という猫の声がした。

「あ、ブラック」

と、リサが言った。

「助けてくれてありがとう」

すると、

「どういたしまして」

と、ブラックがしゃべった。

「え?」

エリカとリサが目を丸くしていると、ブラックは素早く姿を消し、代わって現れたのは、
飼い主の佐田秀代《さだひでよ》だった。

「クロロックさん、お会いできて幸せでした」

と、秀代が言った。

「こちらも楽しかったぞ。気を付けてお帰りなさい」

「はい。それでは……」

秀代はスッといなくなってしまった。

「――あの人、どこへ帰ったの？」

と、エリカが訊いた。

「さあな」

クロロックは微笑《ほほえ》んで、

「どこか遠い所だ。もしかすると、何百年か昔の、どこかかもしれんな」

と言ったのだった。

※この作品はフィクションです。実在の人物・団体・事件などにはいっさい関係ありません。

集英社オレンジ文庫をお買い上げいただき、ありがとうございます。
ご意見・ご感想をお待ちしております。

● あて先
〒101-8050　東京都千代田区一ツ橋2-5-10
集英社オレンジ文庫編集部 気付
赤川次郎先生

集英社
オレンジ文庫

吸血鬼に猫パンチ！

2024年7月23日　第1刷発行

著　者　赤川次郎
発行者　今井孝昭
発行所　株式会社集英社
〒101-8050東京都千代田区一ツ橋2-5-10
電話【編集部】03-3230-6352
【読者係】03-3230-6080
【販売部】03-3230-6393（書店専用）
印刷所　大日本印刷株式会社

ISBN 978-4-08-680566-7 C0193

集英社オレンジ文庫

高山ちあき

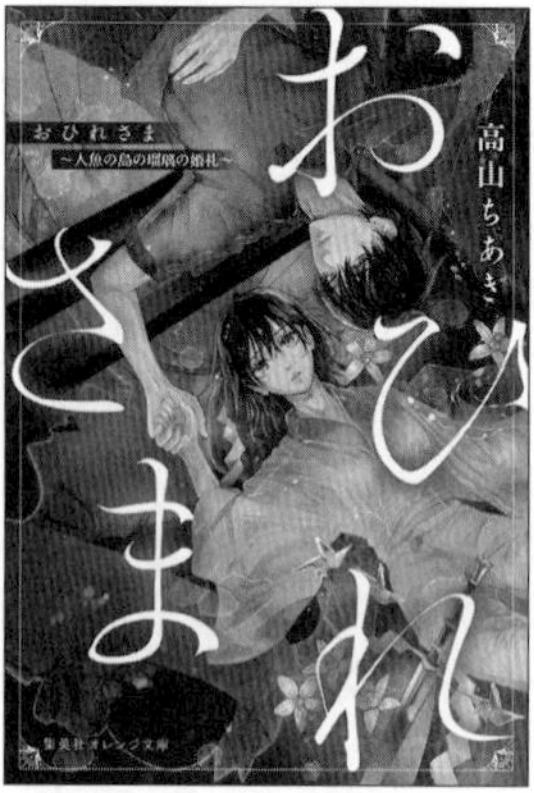

おひれさま

〜人魚の島の瑠璃の婚礼〜

同級生の葬儀のために故郷の島に
帰省した美大生の柚希。

島民たちは人魚の地主神を信仰し、

「特別に選ばれた男女が結婚する」

という因習を代々守っていて…？

集英社オレンジ文庫

櫻井千姫

訳あってあやかし風水師の助手になりました

妖怪退治もできるイケメン風水師と
時給300円の「視える」JK助手が
依頼者の不調をスッキリ解決!?
令和あやかし退魔譚!

集英社オレンジ文庫

五十嵐美怜

君と、あの星空をもう一度

高2の紘乃は、幼馴染の彗に再会する。
「10年後のスピカ食も一緒に観よう」と
彗とは約束した思い出があった。
その日はもうすぐ。けれど、彗は
「もう星は観ない」と言っていて——!?
切なくも胸がキュンとする、恋物語。